Alex Herr
Eine exquisite Sammlung

Über den Autor

Alex Herr ist das Pseudonym des Autors Alexander Herrmann-Weikert.

Er wurde 1962 in Dresden geboren. Schon in seiner Jugend schrieb er Gedichte, Geschichten und Theaterstücke. Nach dem Studium an der Hochschule für Musik „Hanns Eisler" in Berlin, arbeitete er zunächst als Regieassistent am Theater in Chemnitz. Anschließend war er über 25 Jahre als freischaffender Opernregisseur an vielen Theatern von Rostock bis Dresden und von Wuppertal bis Hongkong tätig. Während dieser Zeit schrieb Alexander Herrmann-Weikert immer wieder Texte fürs Theater. Diese Libretti und Theaterstücke für Kinder wurden unter seiner Leitung uraufgeführt.

In den letzten Jahren widmete er sich verstärkt dem Schreiben von Geschichten. 2014 begann die produktive Zusammenarbeit mit der Literarischen Agentur HML-Media Nürnberg. Im Auftrag der Agentur verfasst der Autor Love- und Truestorys für verschiedene Zeitschriftenverlage, unter anderen für die große deutsche Publikumszeitschrift „auf einen Blick". Dort veröffentlicht der Autor regelmäßig in der Reihe „Heimatkrimi".

Alexander Herrmann-Weikert lebt mit Frau, drei Töchtern und einem Hund in Berlin.

Alex Herr

Eine exquisite Sammlung

30 pfiffige Kurzkrimis

*Bibliografische Information der Deutschen Nationalbibliothek:
Die Deutsche Nationalbibliothek verzeichnet diese Publikation in der Deutschen Nationalbibliografie; detaillierte bibliografische Daten sind im Internet über http://dnb.dnb.de abrufbar.*

*Herstellung und Verlag: BoD –
Books on Demand, Norderstedt*

*Impressum:
1.Print Auflage | Januar 2017
Copyright ©2016 Alex Herr, Berlin
und Literarische Agentur HML-Media Nürnberg
Siemensstraße 47, D-90459 Nürnberg
www.hmlmedia.de
Cover©2016 Niklas-Philipp Gertl, Wien
www.ebook-illustration.de
Lizenzvergabe auf Anfrage.
Nachdruckdienst HML-Media Nürnberg
Alle Rechte vorbehalten!
Auch als E-Book bei Kindle Amazon erhältlich!*

ISBN: 9783743153776

Inhaltsverzeichnis

Eine exquisite Sammlung..................7
Angst vor Spinnen..................13
Der letzte Auftritt..................20
Monbijou..................26
Botschaft aus dem Jenseits..................32
Mord in der Semperoper..................40
Ein missglückter Überfall..................47
Auferstanden von den Toten..................52
Entführt..................59
Das größte Osterfeuer der Welt..................65
Der schönste Kater..................72
Flinke Finger..................78
Ein genialer Plan..................84
Der Tote im Moor..................90
Besuch vom Enkel..................98
Ein falscher Kunde..................105
Thüringer Klöße..................111
Tante Mias Erbe..................117
Begegnung mit einem alten König..................123
Der gestohlene Engel..................130
Der Meisterfälscher..................136
Tödliches Rennen..................142
Polnische Gänse..................149
Martha fängt einen Dieb..................155
Bleigießen im Erzgebirge..................161
Spezialität des Hauses..................169
Schnelle Pferde und schöne Frauen..................176
Tod des Tambourmajors..................182
Nikolaus auf Abwegen..................189
Blaue Vase mit roten Tulpen..................195

Eine exquisite Sammlung

Fall Nr.: 1
Tatort:
Potsdam - Berliner Vorstadt
Freitag 6. Oktober 23.12 Uhr bis 23.39 Uhr

Der Tag neigte sich dem Ende entgegen. Bertram stand an der breiten Fensterfront seiner Villa und blickte in die Nacht. Das Mondlicht spiegelte sich im Heiligen See und tauchte den gesamten Uferbereich in ein unwirkliches Licht. Nachdem Bertram eine Weile die nächtliche Stimmung genossen hatte, drehte er sich um und goss einen Cabernet Sauvignon Jahrgang 2007 in ein feingeschliffenes Glas. Er betrachtete die tiefrote Farbe des Weines. Der samtig fruchtige Duft regte ihn an, den ersten Schluck dieses köstlichen Getränks zu nehmen. Jede noch so kleine Geschmacksnuance nahm seine geübte Zunge wahr. Ein wirklich edler Tropfen! Bertram lächelte, dann wandte er sich endlich den Bildern zu.

Keine Stunde liebte er mehr, als die letzte des Tages. Fast täglich widmete er sich zu dieser Zeit seiner wundervollen Kollektion auserlesener Kunstwerke des frühen zwanzigsten Jahrhunderts. Zwei Räume der geräumigen Villa waren einzig und allein den schönsten Werken der Sammlung vorbehalten. Gewiss seine prominenten Nachbarn aus dem Medien- und Wirtschaftsbereich besaßen ebenfalls manch teures Kunstwerk. Doch keine Sammlung war von so einem auserwählten Geschmack, wie die seinige. Sie war Bertrams ganzer Stolz.

Mit dem Glas Rotwein in der Hand schlenderte er an den Bildern von Matisse, Dali und Klee vorbei. Bis er schließlich vor einer Zeichnung von Picasso stehenblieb. An der Darstellung von Mutter und Kind konnte er sich auch nach Jahren nicht genug sattsehen. Dieser feine Strich der Feder, der innige Kuss der Mutter auf den Kopf des Kindes, der blaue Umhang, der die beiden Figuren umhüllte – die Zeichnung war von einer einzigartigen handwerklichen Perfektion und Schönheit.

Ein Geräusch von zerberstendem Glas durchbrach die Stille der Nacht. Bertram hielt den Atem an. Hatte Pünktchen, seine schwarz-weiß gefleckte Katze, vielleicht eine Vase oder Krug umgeschmissen? Angespannt lauschte er. Kein Laut drang zu ihm. Aber was war das? Aus dem Erdgeschoss der Villa vernahm er leise Schritte auf den steinernen Fußboden. Bertrams Herzschlag verdoppelte sich. Mit großer Anstrengung unterdrückte er einen Anflug von Panik. Also doch: Einbrecher! Ausgerechnet heute hatte er Gundolf, seiner rechten Hand und guten Seele des Hauses, freigegeben. Demzufolge war er allein. Das war eigentlich kein Problem. Sobald die Alarmanlage ansprang, war die Polizei in wenigen Minuten hier.

Ein heißer Schauer lief ihm plötzlich den Rücken herunter. Er hatte vergessen diese heute Abend zu aktivieren. Er musste versuchen die Polizei telefonisch zu erreichen. Das Telefon befand sich jedoch im Nachbarzimmer. Bertram beschloss möglichst schnell und unauffällig dorthin zu gelangen, denn das Knarren der Stufen der Holztreppe konnte er schon deutlich vernehmen.

Vorsichtig schlich Bertram bis zur Tür des Nachbarzimmers und drückte langsam die Klinke herunter. In dem Moment wurde die Tür aufgerissen. Ein bulliger, schwarz maskierter Mann stand im Türrahmen. Erschrocken wich Bertram mehrere Schritte zurück. Hinter dem massigen Kerl nahm er noch zwei weitere maskierte Gestalten wahr.

„Wa ... was ... wollen Sie hier?", stottert Bertram.

„Schnauze! Und keen Mucks, sonst knallt's!"

Der massige Mann zog unter seinem schwarzen Umhang einen metallenen Gegenstand hervor. Bertram blickte in den Lauf einer Pistole. So eine Situation kannte er bis jetzt nur aus irgendwelchen schlechten Krimis aus dem Abendprogramm im Fernsehen.

Die anderen beiden Gestalten kümmerten sich gar nicht darum, was ihr Anführer trieb. Sie warfen ihre großen Taschen ab und fläzten sich auf das teure Designersofa.

„Bitte, bitte, Sie erhalten alles, was Sie wollen. In meinem Schlafzimmer habe ich rund 1000 Euro, die kann ich ihnen selbstverständlich sofort geben."

Der massige Mann musterte Bertram eindringlich, dann ließ er seinen Blick über die Zeichnungen an der Wand gleiten.

„Alter, du willst mir wohl verarschen. Tausend Euro, dit is doch lächerlich. Die Bilder an den Wänden sind Millionen wert. Denkste etwa, wir hätten uns auf unseren Raubzug schlecht vorbereitet."

Bertram wurde leichenblass.

„Bitte nicht die Zeichnungen! Seit meiner Jugend habe ich diese Sammlung aufgebaut. Das ist mein Lebenswerk!"

„Irjendwann muss man sich von allem irdischen Gut trennen." Der bullige Mann grinste Bertram breit an. Dann dreht er sich blitzschnell um und pfiff schrill auf zwei Fingern. Seine beiden Kumpane sprangen sofort auf, schnappten sich die Taschen und eilten zu ihm.

„Geht's los, Boss?"

„Na wat habt Ihr denn jedacht, Ihr Schnarchnasen!". Er holte mit der linken Hand einen Zettel hervor, auf dem Bertram deutlich die Abbildung der einzelnen Bilder erkennen konnte. Sein Herz blieb fast stehen, als er auch ein Foto seines geliebten Picassos erspähte.

Während der Boss seinen Kumpanen Anweisungen gab, hielt er Bertram weiter mit der Pistole in Schach. Eigentlich war dies überflüssig. Bertram verspürte keine Lust als Held zu sterben. Trotzdem verursachte jede Zeichnung, welche in der Tasche der Einbrecher verschwand, einen Herzstich.

Schließlich nahmen die Gauner auch den Picasso von der Wand.

„Nein! Nicht dieses Bild!"

Die Jungs ignorierten Bertrams Schmerzensschrei. Ungerührt wanderte diese Zeichnung ebenfalls in die Tasche.

„So dit war's." Zufrieden faltete der Boss den Zettel zusammen und steckte ihn zurück in die Hosentasche. Dann schlenderte er zu Bertram und packte ihn an seinem hochwertigen Seidenjackett.

„Wenn du glaubst, dass du jetzt die Bullen anrufen kannst, haste dir jeschnitten. Wir haben nämlich die Telefonleitungen gekappt." Ein Grinsen huschte über sein fettes Gesicht. Dann stieß er Bertram von sich, der nur mit Mühe sein Gleichgewicht halten konnte.

Die drei Gauner schnappten sich ihre Taschen mit der Beute und verschwanden genauso so schnell, wie sie gekommen waren.

Bertram ließ sich auf das Sofa fallen und atmete erleichtert tief durch. Sein Blick ging nach oben zu der Überwachungskamera. Das rote Lämpchen leuchtete. Also hatte sie den Überfall aufgezeichnet. Dies war wichtig als Beweismittel für die Versicherung.

Erst als er ganz sicher war, dass die Verbrecher nicht mehr in der Nähe waren, ging er ins Nachbarzimmer. Er nahm den Telefonhörer ab. Tatsächlich, die Leitung war tot. Zum Glück befand sich in der Schreibtischlade noch ein Handy.

Bertram nahm das Mobiltelefon heraus und wählt eine Nummer:

„Ja Gundolf, es hat alles geklappt. Es war ja viel

aufregender, als ich dachte. Der Typ hat mich sogar mit einer Pistole bedroht. Ihm schien seine Rolle Spaß zu machen ... Ja sie haben alle Fälschungen mitgenommen ... Sag Bartoldi, dass er ein Meister der Kunstfälschung ist. Besonders der Picasso ist ihm sehr gut gelungen. Er bekommt seinen Anteil, wenn die Versicherung bezahlt hat ... Du hast die Originale gut verstaut und an einen sicheren Ort gebracht? ... Gut dann rufe ich jetzt die Polizei."

Bertram legte das Handy beiseite. Er nahm das Glas Rotwein wieder in die Hand und lächelte zufrieden. Sein Plan war wirklich perfekt!

Angst vor Spinnen

Fall Nr.: 2
Tatort:
Hansestadt Rostock
Dienstag 17. November 1.22 Uhr bis 2.17 Uhr

Gerd kniete neben der Eingangstür der Zoohandlung und betrachtete eingehend das Schloss. Ziemlich unwirsch wandte er sich zu seinem Kumpel Robert, der frierend von einem Bein auf das andere trat.

„Was stehst du so blöd rum? Lass mal das Werkzeug rüberwachsen."

Dessen Blick war nur auf die dichten Nebelschwaden gerichtet, die langsam von der Warnow die Einkaufsstraße heraufzogen.

„Ich find's hier echt gruselig. Fast so wie in 'nem ollen Edgar Wallace Krimi."

„Jo, gleich kommen die Toten Augen von London um die Ecke und schlitzen dir die Kehle auf. Und nun her mit dem Stemmeisen!"

Zögernd gab Robert seinem Kumpan das verlangte Werkzeug. Der setzte das Eisen sogleich an den Türrahmen des Ladens an.

„Und du meinst wirklich, dass wir hier richtig sind?"

Gerd verdrehte die Augen, legte das Stemmeisen zu Boden, zog sein Handy aus der Tasche und hielt es Robert direkt unter die Nase.

„Hier, du Blödmann, die SMS vom Boss."
Dann las er die Nachricht bewusst langsam und

deutlich vor, „Besorgt die wertvolle Spinne aus dem Geschäft in der Kröpeliner Straße. Und wo sind wir hier?" Er wies auf das Straßenschild an der Ecke. „Gibt es noch eine weitere Zoohandlung in der Gegend?"

Robert schüttelte zaghaft mit dem Kopf.

„Na also!" Gerd schnappte sich wiederum das Stemmeisen und er setzte die schmale Kante des Eisens an dem Spalt zwischen Tür und Rahmen. Er spannte die Muskeln und versuchte nun dank der Hebelwirkung die Tür aufzubrechen. Das Holz der Eingangstür ächzte verdächtigt. Auf Gerds Stirn bildeten sich Schweißtropfen. Er hatte sich die Arbeit leichter vorgestellt. Diese alte Tür war noch echte Qualitätsarbeit.

„Und wir sollen wirklich 'ne Spinne klauen?"

Genervt ließ Gerd das Stemmeisen wieder sinken.

„Na was denn sonst! Auf dem Schwarzmarkt kannst du mit den Dingern anständig Kohle verdienen. Außerdem kann es uns ja egal sein. Auftrag ist Auftrag!"

„Aber ..."

„Ach ne, du hast wohl Schiss vor diesen achtbeinigen Tierchen?", unterbrach Gerd seinen Kumpeln. Es war wirklich das letzte Mal, dass er diesen Trottel mitnahm.

„Ja, wenn es bloß Tierchen wären, aber diese exotischen Viecher sind riesengroß –meistens jedenfalls." Gerd beschloss, dass er Roberts Gejammer einfach ignoriert. So ein Affentheater, wegen einem kleinen Insekt. Er stutzte kurz. Waren Spinnen überhaupt Insekten? Egal. Er musste jetzt möglichst schnell die Tür aufbekommen. In gut einer Viertelstunde fuhr die Bullen ihre Streife über die Kröpeliner. Bis dahin musste der Bruch über die Bühne.

Gerd setzte nun bereits zum dritten Mal das Stemmeisen an. Wieder spannte er die Muskeln. Diesmal gab das sperrige Holz nach und die Tür zu der Tierhandlung sprang auf.

Eine feuchtwarme, stickige Luft schlug den beiden Ganoven entgegen. Im Eingangsbereich zogen in schummrigen Aquarien buntfarbige Fische ihre Bahnen.

„Die Reptilien und Spinnen sind im hinteren Teil des Ladens."

Robert holt eine Taschenlampe aus seiner Jacke und leuchtete in die von Gerd angegebenen Richtung.

„Hilfe, Polizei! Hilfe, Polizei!", krächzte eine furchterregende Stimme.

Vor Schreck ließ Robert die Lampe fallen.

„Was war das?"

„Keine Ahnung!"

Robert hörte deutlich, dass auch Gerds Stimme ihre Festigkeit verloren hatte.

„Hilfe, Polizei!", schnarrte es noch einmal.

Erst jetzt bemerkte Robert den großen Papageienkäfig, der direkt über ihren Köpfen hing. Womöglich hatte der Lichtstrahl den Vogel aus dem Schlaf gerissen. Schnell zog Robert seine Jacke aus und schmiss sie über den Käfig. Im nächsten Augenblick war der Papagei wieder still.

Gerd hatte recht. Tatsächlich befanden sich im hinteren Teil des Ladens die Terrarien mit allerlei exotischem Getier.

„Wo ist bloß diese blöde Spinne?"

Robert kniete sich nieder und leuchtete in eines der Glasbehälter hinein. Ein giftgrüner Leguan fauchte ihn an. Vor Schreck fiel Robert auf den Hintern.

„Ich glaub, ich hab' sie." Gerds Stimme hallte durch den ganzen Raum.

Robert ließ sich viel Zeit für den Weg zu seinem Kumpel. Schließlich richtete er eher widerwillig den Strahl der Taschenlampe in das Innere des Terrariums. Viel war nicht zu entdecken. Der Ladenbesitzer hat eine kleine exotische Landschaft erbaut: Sand, ein paar Hölzer und ein wenig Grünzeug.

Plötzlich bewegte sich etwas langsam über den Sandboden. Ein haariges, rotbraunes Ding näherte sich der Glaswand. Robert spürte, wie ihm ein Schauer den Rücken herunterlief. Merkwürdige riesige Augen starrten ihn an. Nein, niemals wird er dieses Horrortier anfassen!

„Mach den Deckel des Terrariums auf. Wir müssen das Vieh fangen."

„Meinst Du wirklich, es ist das richtige Tier? So wertvoll sieht es nicht aus."

„Passt schon! Oder siehst Du hier irgendwo noch 'ne andere? Nimm die Tupper-Dose und treib das Viech rein."

Das war wieder typisch für Gerd, immer drückte er sich vor der Drecksarbeit.

„Willst Du vielleicht nicht lieber ..."

„Biste 'nen Mädchen, oder was?"

Manchmal konnte Gerd richtig fies sein. Robert atmete dreimal tief durch. Dann stülpte er todesmutig die Plastikdose über die vorwärtskriechende Spinne.

Geschafft! Ganz fest drückte er seine Hand auf das Gefäß. Das Tier durfte auf gar keinen Fall herauskommen!

„Und nun?"

„Dose rumdrehen, Spinne rein und Deckel drauf."

Inzwischen war Robert schweißnass und sein Herzschlag hatte sich mindestens verdoppelt. Mit angstgeweiteten Augen starrte er Gerd an.

„Ich ... ich ... kann das nicht"

„Ich glob mein Schwein pfeift. Du Memme!"

Barsch schob Gerd seinen Kumpel beiseite, hob die Dose hoch und packte ohne Umstände den Körper der Spinne.

Plötzlich schrie er auf:

„Verdammt, das Mistvieh hat mich gebissen."

Er ließ Spinne und Dose fallen und fuchtelte wild mit seiner Hand umher.

Wie durch ein Wunder war die Vogelspinne in dem Behältnis gelandet. Das Tier brauchte einen Moment um sich zu besinnen, dann begann es an den Seitenwänden hochzukrabbeln. Blitzschnell schob Robert den Deckel auf die Dose.

Die Spinne war gefangen!

Als ob er eine Bombe in der Hand hielt, ging Robert Schritt für Schritt aus dem Laden. Mit etwas Abstand folgte ihm sein Kumpel.

Erschöpft lehnten sie sich an die Hauswand des benachbarten Juweliergeschäfts. Gerd war ganz grün im Gesicht und reckt den bereits schon angeschwollenen Finger in die Höhe.

„Es tut sauweh!"

Die Stille der Nacht durchriss eine penetrante Handymelodie.

„Kannst Du mal ..." Mit einer Bewegung seines Kopfes wies Gerd auf seine Hosentasche. Robert nickte. Behutsam stellte er die Tupperdose mit der Spinne auf dem Gehweg ab. Dann angelte er das Mobiltelefon aus Gerds Hose und schaute auf das Display.

„Der Boss."

„Wer sonst? Geh ran!"

Robert drückte die Taste und führte das Gerät an sein Ohr.

„Habt ihr die Spinne?"

„Klar Boss, war kein Problem."

„Bringt sie mir sofort vorbei. Und seid vorsichtig, die Edelsteine könnten beim Transport leicht aus der Fassung brechen."

„Was für Edel ..."

Robert verschluckt das Ende seiner Frage, denn sein Blick fiel auf das Schaufenster des Juweliers. In der Auslage lag eine mit Edelsteinen bestückte

Brosche in Form einer Spinne.
 In dem Moment sank Gerd ohnmächtig zu Boden.

Der letzte Auftritt

Fall Nr.: 3
Tatort:
Oberhof - Thüringen
Freitag, 31. Januar 22.17 Uhr bis 23.00 Uhr

„Andy! Andy! Andy!" Die Zuhörer, des bis auf den letzten Platz besetzen Saals, skandierten frenetisch den Namen ihres Stars. Auch nach der dritten Zugabe wollten die Fans ihre Musiker nicht von der Bühne lassen. Das war kein Wunder, schließlich gab „Andy Bauer und seine Oberhofer Musikanten" nur noch selten ein Konzert in ihrem Heimatort.

„Andy! Andy! Andy!"

Mit einer großen Geste unterbrach Andy das rhythmische Klatschen. Er trat an die Rampe der Bühne und blickte in die Weite des Zuschauerraums.

„Es ist schön, wieder in der Heimat zu sein!" Der Sänger wischte verstohlen eine Träne aus dem Augenwinkel. Nochmals brandete der Applaus auf und Andy musste sich ein zweites Mal Gehör verschaffen.

„Und ich liebe Euch für den herzlichen Empfang, den Ihr mir hier bereitet!"

Ein begeistertes Johlen und Trampeln ließ den gesamten Konzertsaal erbeben.

„Aber was wäre ich ohne meine Musikanten?" Mit einer leichten Drehung wandte er sich zu seinen Musikern. „Ihr kennt sie alle. Am Bass haben wir den Ingo, an der E-Gitarre den Holger und am Keyboard der Frankyboy ..." Der Applaus ebbte jetzt schon ein wenig ab. „Und nicht zu vergessen am Akkordeon - wie immer unser kleener Mirko."

Seine Finger glitten über die Tastatur des Instruments und er strahlte dabei in Richtung der Scheinwerfer. In letzter Zeit fiel dies Mirko verdammt schwer. Nur mit größter Kraftanstrengung konnte er seine innere Wut unterdrücken. Er hasste Andys herablassende Witze über seine Körpergröße. Was wäre der Sänger denn ohne ihn? Schließlich hatte er sämtliche Hits, auf die der Erfolg der Oberhofer Musikanten beruhte, geschrieben und arrangiert. Aber darüber verlor Andy nie ein Wort - bei keinem einzigen Pressetermin und ganz zu schweigen vor den Fans.

Andy stand immer noch an der Rampe und spreizte sich eitel im Scheinwerferlicht. Fast unwillkürlich glitt Mirkos Hand in die Hosentasche. Er spürte die Kühle des kleinen Giftfläschchens. Nein, Andys arrogante Zurückstellung war nicht der alleinige Grund für seinen tödlichen Plan ...

Endlich war der letzte Klatscher verstummt. Die Musiker drängten in die Garderobe.

„Andy, Du warst heute wieder spitze!"

Sandra, Mirkos Frau, umarmte den Sänger. Dieser tätschelte im Gegenzug ihren Hintern. Mirkos Herz krampfte sich zusammen. Erst als Andy seinen Akkordeonspieler im Türrahmen bemerkte, nahm er seine Hand zurück.

„Kleener hol mir mal ein Bier vom Tresen. Du

weißt doch, was ich nach so 'nem Konzert brauche."

Dabei warf er Sandra einen anzüglichen Blick zu. Mirko wäre ihm am liebsten an die Gurgel gesprungen. Aber er wusste, wenn er das tat, war der lang vorbereiteter Plan im Arsch. Also beherrschte er sich, zählte bis drei und murmelte fast unhörbar:

„Geht klar Andy, mach' ich gern." Mirko löste sich vom Türrahmen und schlurfte den Gang hinunter.

„Zu mehr ist der Zwerg nicht zu gebrauchen." Der Chef der Band sah keine Veranlassung leise zu sprechen. Mirko sollte auf alle Fälle die boshafte Spitze hören. Weit mehr traf diesen jedoch, dass gleich nach Andy dummen Spruch Sandras glockenhelles Lachen ertönte.

Frustriet trat Mirko die Tür zum Gastraum auf. Obwohl er bis vor wenigen Minuten noch auf der Bühne stand, beachtete ihn keiner. Es war typisch. Bei den „Oberhofer Musikanten" drehte sich alles immer nur um den Star Andy Bauer. Mirko dagegen erkannte niemand, sobald er aus dem Rampenlicht verschwunden war. Er musste sich seinen Weg zum Tresen geradezu freikämpfen.

„Ein großes Pils."

Ohne aufzublicken schnappte sich der Wirt ein Glas, spülte es und stellte es unter den Schankhahn.

„Na Mirko, bist'e mal wieder der Sklave deines Herrn." Mit einem süffisanten Grinsen schob der

Wirt ihm das Pils zu.

„Wie kommst'e darauf?"

„Na so'n Großes verträgst du doch gar nicht, Kleener." Der Wirt stimmte ein wieherndes Lachen an, in das ein paar Umstehende gleich mit einfielen.

Mirkos Hals schnürte zu. An allen war nur Andy schuld. Seitdem er bei den Konzerten ihn als „kleener Mirko" tituliert hatte, glaubte jeder Vollidiot, dass er sich über ihn lustig machen darf.

Ohne weiter auf den Wirt einzugehen, schnappte sich Mirko das Bierglas und lief zurück in Richtung Garderobe. Kurz vor der Toilette schaute er sich um. Zum Glück war niemand in der Nähe. Er schob die Tür mit dem Hintern auf und stellte das Bierglas am Waschbecken ab. Ein kurzer Blick in die Toilettenboxen – alles leer. Er holte das Fläschchen hervor. Einen Moment hielt Mirko es gegen das Licht und betrachtete die durchsichtige Flüssigkeit.

Monatelang hatte Mirko im Internet recherchiert – nach einem Gift mit absolut tödlicher Wirkung, welches sich nicht im Körper nachweisen ließ. Als er endlich das passende Mittel gefunden hatte, bestand die nächste Schwierigkeit darin, dieses zu besorgen. Dies ging nur über dunkle Kanäle, dem sogenannten Darknet. Schließlich wollte Mirko nach der Tat nicht von der Polizei überführt werden. Seit zwei Tagen hielt er nun endlich die Phiole in der Hand. Der Preis überstieg all seine Vorstellungen. Aber die Sache war es ihm wert.

Vor einem Jahr gestand ihm Sandra, nach einem heftigen Ehestreit, dass sie ihn schon lange mit Andy betrog. Scheidung kam für Mirko nicht in Frage. Er wollte die Frau, die er immer noch liebte, wieder ganz für sich alleine haben.

Vor dem Auftritt hatte Mirko noch mit seinem Gewissen gekämpft. Sollte er wirklich diesen endgültigen Schritt tun? Schließlich kannten sich Andy und er seit ihrer Jugend. Es gab einmal eine Zeit, da hätte er Andy sogar als einen guten Freund bezeichnet. Aber seitdem er das mit Sandra und ihm wusste, war bei Mirko etwas zerbrochen. Außerdem waren da diese ständig wiederkehrenden Demütigungen. Der heutige Auftritt war Andys letzte Chance. Er hatte sie verspielt. Es würde sein letzter Abend werden!

Mirko schüttete das Gift in das Glas und verrührte es mit einem Kaffeelöffel. Er wartete, bis sich der Schaum auf dem Bier wieder gleichmäßig verteilte. Dann verließ er den Toilettenraum.

Als Mirko die Garderobe betrat, saß Sandra auf Andys Schoß. Sie lachten und kicherten miteinander.

„Hier Andy dein Bier!"

Schnell sprang Sandra auf. Mirko tat so, als hätte er nichts bemerkt.

„Danke Kleener." Andy nahm das Pils entgegen, streckte es in die Höhe und führte das Glas an seine Lippen ...

„Andy! Andy! Andy"

Die Garderobentür flog auf. Eine Schar schon etwas reiferer weiblicher Fans kam hereingestürmt. Sie umringten den Star des Abends.

Hatte Andy bereits getrunken? Mirko hatte den Überblick verloren. Nein, Andy hielt das volle Glas immer noch in die Höhe. In dem Moment nahm es Sandra ihm aus der Hand. Sie lächelte und setzte an.

„Nein! Sandra! Nicht!"

Zu spät. Sandra trank das Glas in einem Zug leer.

Monbijou

Fall Nr.: 4
Tatort:
Berlin – Mitte
Nacht von Samstag auf Sonntag 15. und 16. September 21.32 Uhr bis 3.05 Uhr

Frieder rauschte in das Foyer von „Clärchens Ballhaus". Er lächelte der Garderobenfrau zu, fuhr mit einer schwungvollen Bewegung aus seinem Mantel und ließ ihn graziös über den Annahmetisch gleiten.

„Nun, wie seh' ich heute wieder aus?" Mit einer eleganten Drehung präsentierte Frieder sein wohlüberlegtes Outfit von allen Seiten: Die enganliegende Hose, die seinen knackigen Hintern bestens zur Geltung brachte, das sportlich weiße Hemd und das Tuch, welches die Falten am Hals dezent verbargen. Doch die erhoffte Wirkung bei der Garderobenfrau blieb aus. Sie hob noch nicht einmal den Blick von ihrer Frauenzeitschrift.

„Trude, nun lassen Sie mich nicht hängen." Erwartungsvoll sah Frieder die Frau mit dem weißgrauen Lockenkopf an. Die Garderobiere hob ihren Kopf, rückte ihre Brille zurecht und musterte ihn kurz.

„Die Frauen werden Ihnen zu Füßen liegen", sagte sie mit einem gelangweilten Unterton.

„Du weißt genau, was ich hören will." Frieder stürmte auf sie zu, beugte sich über den Garderobentisch und drückte ihr einen Schmatzer auf die

Wange. Dann tänzelte er leichtfüßig zu dem großen Spiegel gegenüber der Eingangstür. Noch ein letzter prüfender Blick, bevor er sich ins Kampfgetümmel stürzte. Er zog einen Kamm aus der Innentasche des Jacketts und fuhr durch seine pomadisierten Haare. Die paar kahlen Stellen sollten nicht sofort ins Auge fallen. So war es perfekt.

Doch halt ... Schnell öffnete er einen weiteren Knopf seines Hemds, damit die sonnenbankgebräunte Brust besser zur Geltung kam. Jetzt konnte das Spiel beginnen. Energiegeladen spurte Frieder die Treppe in den ersten Stock nach oben.

Heute Abend stand Tango auf dem Programm im Spiegelsaal. Frieder liebte diesen argentinischen Tanz mit seinen komplizierten, aber so eleganten Schrittfolgen. Mit keinem anderen Tanz konnte man so einfach das Herz einer Frau erobern.

Er stieß die Tür zum Spiegelsaal auf und trat ein. Prompt richteten sich die Blicke auf ihn. Diesen einzigartigen Moment genoss er immer besonders.

Sofort musterte Frieder mit gewohnter Professionalität alle in Frage kommenden Kandidatinnen. Innerhalb weniger Sekunden musste er die richtige Entscheidung treffen. Ausschlaggebend für die Auswahl waren folgende Kriterien: teure Kleidung, echter Schmuck und kein leichter heller Streifen am Ringfinger. Für Frieder kam einzig und allein eine solvente alleinstehende Dame in den besten Jahren in Frage. Schließlich sollte sie seinen Lebensunterhalt für die nächsten drei Monate finanziert.

In den vergangenen Jahren hatte er diese Methode des Geldverdienens perfektioniert. Carla, sein letztes Opfer, hatte er vor sechs Wochen verlassen. Natürlich nicht, ohne vorher ihr Konto völlig leer zu räumen. Inzwischen stapelten sich die Rechnungen schon wieder auf seinem Schreibtisch.

Gerade der Beginn eines neuen „Projekts" war stets sehr kostspielig: Die ständigen Besuche im Sonnenstudio und Fitnesszentrum hatten ihren Preis. Auch ältere Frauen waren heutzutage anspruchsvoll und träumten von einem Mann mit einem durchtrainierten Körper. Es folgte die erste Einladung in ein teures Restaurant, Rosen und kleine Geschenke. Wenn er und sein Opfer sich körperlich näherkamen, wurde das „Unternehmen" wesentlich preiswerter. Anschließend brauchte Frieder so circa vier bis fünf Wochen um die jeweilige Dame nach Strich und Faden auszunehmen. Dann erst hatten sich die Kosten endlich rentiert. Aber bis dahin war es jedes Mal ein weiter Weg.

Leider war das Ergebnis der heutigen Auswahl mehr als ernüchternd. Nur drei biedere Damen in den Sechzigern fielen nicht durch das Raster. Frieder steuerte die Erste der drei Auserwählten an. Sie trug zumindest eine echte Perlenkette, für die er gut und gerne 500 Euro bei seinem Hehler bekam.

In dem Moment öffnete sich die Tür und eine Klassefrau, Ende vierzig, betrat den Ballsaal: Feuerrotes Haar, das berühmte kleine Schwarze, teurer Schmuck und eine Figur, bei der jede Dreißigjährige erblasst wäre. Frieder nahm es den Atem: Was für ein Auftritt! Er selber hätte es nicht besser hinbekommen.

Die Blicke der Rothaarigen durchbohrten ihn. Ein wohliger Schauer lief ihm den Rücken herunter. Wie von magischer Hand angezogen, ging er auf die einzigartige Frau zu.

„Auf Dich habe ich den ganzen Abend gewartet."

„Verstehe ich das richtig, dass Du mit mir tanzen möchtest?"

Ohne weitere Worte führte die Rothaarige ihre Hand an seinen Hintern und zog ihn schwungvoll dicht an sich heran. Sobald das Bandoneon einsetzte, flogen die beiden im harmonischen Gleichklang über das Tanzparkett.

Gut eine halbe Stunde später, sie standen inzwischen an der Bar und tranken Sekt, gelang es Frieder ein paar nützliche Informationen aus ihr herauszulocken. Trotz der bestehenden erotischen Anziehung durfte er auf gar keinen Fall sein Ziel aus den Augen verlieren.

Heute war sein Glückstag. Alles fügte sich. Die Rothaarige erzählte ihm, dass sie vor wenigen Jahren ihren Mann verloren hatte. Dabei wischte sie sich verstohlen eine Träne aus dem Augenwinkel. Der einzige Trost, der sie über ihren Schmerz hinwegkommen ließ, war, sein hinterlassenes beträchtliches Vermögen. Nun, nach den Jahren der Trauer, wollte sie endlich den ewigen Kreislauf der Einsamkeit durchbrechen. Frieder hingegen schwärmte von seiner modernen Penthouse-Wohnung in der Nähe des Alex und seinem Segelboot, welches im Tegler Hafen vor Anker lag. Beides entsprang nur seiner blühenden Fantasie, aber dies konnte die Rothaarige natürlich nicht ahnen. Als nächstes präsentierte Frieder einer seiner tragischen Lebensläufe, bei denen er wusste, dass sie bei sensiblen Damen immer sehr gut ankamen. Er entschied sich für die Geschichte mit dem dramatischen Unfalltod seiner Frau.

Noch vor dem zweiten Glas Sekt flüstert ihm die Rothaarige ins Ohr:

„Lass uns ein wenig im Monbijoupark spazieren gehen." Dabei sprach sie den Namen des Parks mit ihrer rauchigen Stimme so verheißungsvoll aus, dass es Frieder ganz heiß wurde.

Ohne größere Umstände verließen die beiden den Tanzsaal.

Von „Clärchens Ballhaus" bis zum Park waren es nur zehn Minuten Fußweg. Das Mondlicht schimmert durch die alten Bäume und die Spree plätscherte leise an die Uferbefestigung.

„Weiß du eigentlich, was Monbijou bedeutet?" Frieder blickte in die wunderschönen graugrünen Augen der Rothaarigen. Sie nickte.

„Mein Schmuckstück."

„Du bist für mich Monbijou", hauchte er leidenschaftlich. Ihre Lippen näherten sich. Dann küssten sie sich lange und intensiv. Frieder überkamen beinah romantische Gefühle. Doch diese schob er mit letzter Kraft beiseite. Nur jetzt nicht die Kontrolle verlieren! Er setze an um die Rothaarige zu fragen, ob er sie nach Hause begleiten dürfte, als ihn eine unsagbare Müdigkeit erfasste. Seine Beine versagten ihm. Dann war da nur noch Dunkelheit.

Frieder schlug die Augen auf. Es regnete und ihm war kalt. Mit Erstaunen stellte er fest, dass er allein auf einer Parkbank lag. Er brauchte eine Weile, um sich zu orientieren. Verwirrt tastete Frieder seine Kleidung ab. Wo war das Portemonnaie? Die Brieftasche? Die Schlüssel? Langsam begriff er, was geschehen war. Unglaublich! Ausgerechnet er war einer Betrügerin aufgesessen! Wahrscheinlich hatte sie ihm heimlich KO-Tropfen in den Sekt getan.

Mit einem Mal fing Frieder an zu lachen. Er lachte, lachte und konnte gar nicht mehr aufhören. Immer wieder sah er das verdutzte Gesicht der Rothaarigen vor sich, wenn sie die Tür zu seiner heruntergekommenen Wohnung aufschloss.

Diese Nacht hatte ihnen wohl beide nicht den erwünschten Erfolg gebracht.

Botschaft aus dem Jenseits

Fall Nr.: 5
Tatort:
Wernigerode - Ostharz
Donnerstag 23. April 20.35 Uhr bis 21.27 Uhr

Donnerschläge hallten von den schroffen Felswänden des Harzes wider, Blitze zuckten über den nächtlichen Himmel und der Regen trommelt auf das Dach des Hauses.

Maja lehnte an der Fensterbank und betrachte lächelnd die Launen des Aprilwetters. Das Frühlingsgewitter kam ihr ausgesprochen gelegen. In gut einer Viertelstunde stand ihre neue Klientin vor der Tür. Wenn das Unwetter bis dahin anhielt, war die Tonkulisse für ihre spiritistische Sitzung perfekt.

Ihr Umzug vor ein paar Wochen nach Wernigerode hatte sich für Maja bereits ausgezahlt. Die Lage am Rande des Harzes erwies sich als geradezu ideal. Der Ort lag nur ein paar Kilometer von jenem sagenhaften Berg entfernt, der das Herz eines jeden magiegläubigen Menschen höherschlagen ließ: der Blocksberg (Brocken wurde er nur auf den offiziellen Landkarten und von Ignoranten jeglicher Mystik genannt). Gerade jetzt, wenige Tage vor der Walpurgisnacht, boomte ihr Geschäft unglaublich.

Maja nahm eine ihrer zahlreichen Visitenkarten in die Hand und betrachtete sie zufrieden: „Madame de la Mort - spiritistische Sitzungen und magischer Beratungen aller Art"

Sie hatte viel in ihrem Leben ausprobiert: Kellnerin, Werbetexterin, Maklerin.

Aber das war alles Schnee von gestern. „Madame de la Mort" war ihre Bestimmung. Noch nie hatte sie so leicht den Menschen das Geld aus der Tasche gezogen. Mit einer gezielten Werbung war es ihr mühelos gelungen die örtliche Konkurrenz, eine gewisse „Signoria Seraphina", aus dem Geschäft zu drängen. Maja war mit sich und ihrem jetzigen Dasein äußerst zufrieden.

Es klingelte. Ein Blick zur Uhr - Dies musste die neue Kundin sein. Schnell setzte Maja die knallrote Lockenperücke auf. Etwas graue Schminke auf die Wangen, ein bisschen Schwarz rund um die Augen, schon bekam sie ein totenfahles Angesicht. Dazu bildeten ihre dunkelrot geschminkten Lippen einen wunderbaren Kontrast. Zum Abschluss schob sie sich noch eine uralte Nickelbrille auf die Nase. Die ließ ihre Augen unnatürlich groß erscheinen. Maja blickte in den Spiegel. Sie war mit dem Ergebnis zufrieden. Zwar stand ihr Aussehen im krassen Gegensatz zu ihrer Vorstellung von Attraktivität, aber ihr Outfit entsprach dem, was sich „Lieschen Müller" unter einer Wahrsagerin und Hexe vorstellte.

Es klingelte zum zweiten Mal.

Als Maja die Tür öffnete, blickte sie Frau Meier in schwarzer Witwentracht unsicher an. Das Wasser tropfte von den Haaren der älteren Frau. Ihre altmodische Dauerwelle war durch den Wolkenbruch völlig zerstört. Verlegen trat sie von einem Fuß auf den anderen.

„Madame de la Morte?"

„Ich habe Sie bereits erwartet." Maja streckte ihr die Hand entgegen. Allerdings schien Frau Meier diese gar nicht zu bemerken und stand immer noch etwas unschlüssig im Türrahmen. Dann gab sie sich einen Ruck.

„Ich habe lange gezweifelt. Doch jetzt bin ich für den großen Schritt gerüstet, aber ich fürchte mich."

Maja konnte kaum ihr Schmunzeln verbergen. Ohne Zweifel war die ältere Frau von einer geradezu gläubigen Naivität. Mit nur etwas Geschick sollte es für Maja kein Problem sein noch eine zweite, dritte oder sogar vierte Sitzung herauszuschlagen. Sie umfasste Frau Meiers Hände und sah ihr tief in die Augen.

„Sie brauchen keine Angst zu haben." Worauf Maja einen Blick zu denen am Horizont zuckenden Gewitterblitzen warf. „Die kosmischen Schwingungen sind heute äußerst günstig." Mit einer einladenden Geste bat sie ihre Klientin herein. Im Flur nahm Maja ihr den nassen Mantel ab. Dann geleitete sie die ältere Dame behutsam in das Sitzungszimmer.

Maja hatte einiges in eine angemessene Ausstattung investiert: Die schwarze Aushängung, die Karte mit den leuchtenden Sternzeichen und die unsichtbare Hi-Fi-Anlage, die den Raum bei Bedarf mit unheimlichen Geräuschen beschallte. Besonders stolz war sie auf ihren „spiritistischen Tisch". Mit einem versteckten Fußhebel konnte Maja diesen in Bewegung versetzen, so dass ihre leichtgläubigen Kunden wirklich annahmen die Schwingungen des Todes zu spüren.

Maja warf ein paar getrocknete exotische Kräuter in eine metallene Schale und zündet diese an. Ein süßlicher Duft, der ein wenig an Verwesung erinnerte, breitete sich im Raum aus.

„Das Honorar legen Sie bitte in die Schatulle." Maja wies auf ein mit Runen verziertes Kästchen, welches seinen Platz in einem Bücherregal hatte. Frau Meyer kam der Aufforderung nach und näherte sich dann zögernd dem Tisch. Mit einem geheimnisvollen Lächeln nahm Maja zum zweiten Mal die Hände ihrer Klientin und zwang sie mit leichtem Druck sich ihr gegenüberzusetzen.

„Wie kann ich ihnen helfen?" Maja sucht den Augenkontakt. Doch die Angesprochene senkte den Blick. Für einen Moment herrschte eine angespannte Stille. Frau Meier schaute sich ängstlich um. Sie fühlte sich sichtlich unwohl.

„Nun. Vor wenigen Wochen habe ich meinen geliebten Mann verloren." Die ältere Frau sprach so leise, dass Maja sie kaum verstand.

„Das tut mir leid. Und nun möchten sie noch einmal Kontakt zu ihm aufnehmen?" Völlig aufgewühlt sprang Frau Meier von ihrem Stuhl auf.

„Ja, ja! Ich muss wissen, ob er mir verzeiht." Die ältere Dame rannte erregt im Raum auf und ab. Dabei flogen ihre nassen falschen Locken hin und her. Schließlich blieb sie vor dem Bücherregal stehen und stütze sich schwer atmend ab. Sie rang eine Weile mit sich, ehe sie wieder zu reden begann:

„Mein Gewissen quälte mich schon lange. Kurz vor unserem vierzigsten Hochzeitstag wollte ich endlich reinen Tisch machen ..." Frau Meier stockte, so als würde sie von ihrer Erinnerung überwältigt.

„Erzählen sie mir ruhig alles ganz genau." Maja war aufgestanden und näherte sich behutsam ihrer Klientin. Diese dreht sich blitzschnell um und starrte sie mit einem irren Gesichtsausdruck an.

„Unser Sohn, der Toni, war nicht von meinem Mann." Ihre Stimme überschlug sich. Maja, die nicht mit einem solchen emotionalen Ausbruch gerechnet hatte, wich erschrocken ein paar Schritte zurück.

„Ein Kuckuckskind? Und ihr Mann hat all die Jahre nichts davon gewusst?"

Die ältere Frau nickte. Die Tränen schossen in ihre Augen.

„An dem Abend vor unserem Jubiläum habe ich meinen gesamten Mut zusammengenommen und ihm meine Schuld gebeichtet."

„Hat er Ihnen verziehen?"

„Zunächst war er sprachlos, dann brüllte er mich an und schließlich stürmte er aus der Wohnung."

„Kam er wieder zurück?" Maja musste sich eingestehen, dass sie mehr und mehr von der Erzählung der älteren Frau gepackt wurde.

„Ich bin ihm gefolgt. Er rannte völlig kopflos auf die Straße. In dem Moment bog ein LKW um die Ecke ..."

Frau Meier hielt inne. Dann sagte sie fast tonlos:

„Jegliche Hilfe kam zu spät." Plötzlich packte sie Maja bei den Schultern. „Ich muss wissen, ob er mir verzeiht."

Maja schluckte. Doch dann gewann die Geschäftsfrau in ihr wieder die Oberhand.

„Sicher! Sicher! Das werden wir machen." Sie führt Frau Maier zurück an den Tisch. Maja schloss für ein paar Sekunden die Augen und sammelt ihre Gedanken. Mit leiser Stimme begann sie zunächst Unverständliches zu murmeln. Langsam schälten sich die Worte „Geist" und „verstorbener Mann" heraus. Jetzt war eigentlich der Zeitpunkt gekommen ein wenig Brimborium zu veranstalten, um die Klientin in Angst und Schrecken zu versetzen. Maja tastete nach dem Knopf für die Tonanlage unter der Tischplatte. Durch Zufall fiel ihr Blick auf Frau Meiers blasses Gesicht. Was war mit ihr geschehen? Sie schien nicht mehr von dieser Welt zu sein. Wie in Trance warf sie ihren Oberkörper hin und her. In ihren Augen sah man nur noch das Weiß der Augäpfel. Schaum bildete sich um ihren Mund.

Jäh wurde Maja von einem Stromschlag getroffen. Der Tisch begann unmerklich zu schwingen, obwohl sie absolut sicher war, dass sie nicht den verdeckten Fußhebel bedient hatte. Irgendetwas stimmte hier nicht? Plötzlich erstarrte Frau Meier. Sie öffnete ihren Mund. Aus ihrem Körper entströmte eine Stimme, die so abgrundtief war, dass sie nur aus dem Jenseits stammen konnte:

„Hilde, nein! ... Glaub nicht, was sie erzählt ... Die Frau ... eine Hochstaplerin! ... Verziehen habe ich dir längst ..."

Frau Meier sprang wie elektrisiert von ihrem Stuhl auf. Sie musterte Maja abfällig. Dann stürmte sie aus der Wohnung. Entgeistert blickte Maja ihr hinterher. Hatte wirklich der Geist ihres toten Mannes aus ihr gesprochen?

Maja schenkte sich einen Schnaps ein. Nie hatte sie an die Wirkungsweise einer spiritistischen Sitzung geglaubt. Für sie war bis zum heutigen Abend alles nur billiger Hokuspokus und eine sehr gute Einnahmequelle. Aber vielleicht gab es ja doch diese Mächte der Finsternis, mit denen man sich nicht einlassen sollte. Mit einem Mal hatte Maja Angst - Todesangst. Sie wollte auf gar keinen Fall noch einmal eine magische Sitzung durchführen.

Maja eilte zu dem Regal und riss hektisch die Schatulle an sich. Ein gewisses finanzielles Polster hatte sie sich in letzter Zeit mit ihren Betrügereien erarbeitet. Gerade genug für einen Neuanfang. Sie klappte das Kästchen auf. Doch dieses war leer. Nur ein Zettel lag darin:

„Liebe Madame de la Mort, als kleine Entschädigung für meine entgangenen Einnahmen in den letzten Wochen, habe ich mir erlaubt den Inhalt der Schatulle mitzunehmen. Mit freundlichen Grüßen Signoria Seraphina alias Frau Meier."

Mord in der Semperoper

```
Fall Nr.: 6
Tatort:
```
Dresden
Sonntag, 25. Februar 20.55 Uhr bis 21.37 Uhr

„**B**leiben Sie sofort stehen!" Kommissar Behrend verfolgte einen Tatverdächtigen durch ein riesiges Mohnblumenfeld. Während der Täter leichtfüßig sich immer weiter von ihm entfernte, waren die Beine des Kommissars geradezu bleiern. Der schwere Duft der Blumen nahm ihm schier den Atem. Von weitem erklang eine schwebende Musik ... Ein schmerzhafter Schlag traf ihn plötzlich in der Seite.

„Schatz, hör auf zu schnarchen! Das ist einfach nur peinlich!"

Behrend schreckte hoch und starrte in die blauen Augen seiner Frau. Der süßliche Duft ihres Parfüms schlug ihm entgegen.

„Tschuldigung. Ich hatte wirklich einen harten Tag", murmelte er verlegen und taste nach der Hand seiner Frau.

„Sei still! Gleich bringt Floria Tosca den widerlichen Polizeipräsidenten Scarpia um." Sie entzog ihm ihre Hand und stierte gebannt auf das Geschehen auf der Bühne. Die Musik aus dem Orchestergraben brandete auf. Eine Woge aus Leidenschaft und Emotionen schwappte dem Kommissar entgegen.

Behrend fragte sich, warum er ausgerechnet in

seiner Freizeit so eine blutrünstige Mordgeschichte ansehen musste. Hatte er nicht tagtäglich mit solchen Dingen zu tun. Aber seine Frau war der Meinung, dass man als halbwegs kulturvoller Dresdner einmal im Jahr in die Semperoper gehen muss. Das Jahr war mal wieder um! Als seine Frau vor ein paar Tagen freudenstrahlend mit zwei Karten für „Tosca" mit der Furnati nach Hause kam, konnte er ihr die Bitte nicht abschlagen. Er hatte zwar keinerlei Ahnung, wer Maria Furnati war, sah man jedoch den strahlenden Glanz in den Augen seiner Frau, musste die Sängerin der größte Opernstar des Jahrhunderts sein.

Der Kommissar warf ebenfalls einen Blick auf die Bühne. Gerade bedrängte der recht schmierige Polizeipräsident, unwillkürlich fühlte sich Behrend an seinen Chef erinnert, die schöne Sängerin Tosca. Prompt bekam er die Rechnung präsentiert. Tosca griff in ihrer Not nach einem Messer auf dem Esstisch, drehte sich blitzschnell um und jagte dem Polizeichef die Klinge in den Bauch. Scarpia schrie vor Schmerz, röchelte und sank zu Boden.

Behrend hielt die Handlung der Oper ziemlich unglaubwürdig. Trotzdem fand es der Kommissar beeindruckend, wie der Darsteller des Scarpias seinen Todeskampf spielte. So realistisch hat es dies in einem Film noch nie gesehen.

Erst jetzt bemerkt er den irritierten Blick von Maria Furnati. Irgendwas schien nicht zu stimmen. Die Sängerin stieß einen grellen Schrei aus, der so bestimmt nicht von Puccini komponiert war. Schlagartig hörte das Orchester auf zu spielen. Für einen Moment herrschte eine gespenstische Stille. Dann fiel der Vorhang. Ein leises, unruhvolles Wispern setze im Zuschauerraum ein. Nach langen, an den Nerven zerrenden Minuten bewegte sich plötzlich der Vorhang. Ein blasses glatzköpfiges Männchen in einem schlecht sitzenden Anzug schob sich durch den Schlitz hindurch und trat an die Rampe. Er räusperte sich kurz. Sofort war jegliches Flüstern verstummt. Jeder im Raum ahnte, dass etwas Schreckliches passiert war.

„Es tut mir leid, wir müssen die Vorstellung an dieser Stelle abbrechen. Unser lieber Kollege Pawel... " Dem kleinen Mann verschlug es die Stimme. Behrend sah, dass er die Tränen kaum unterdrücken konnte.

„... Konzargow ... ist tot... ein Unfall ... wie grauenhaft."

Hastig blätterte Behrend im Programmheft. Pawel Konzargow war der Sänger des Polizeipräsidenten Scarpia. Also war sein Todeskampf doch nicht so fantastisch gespielt. Dem Kommissar lief es kalt den Rücken herunter. Er musste Gewissheit haben. Er beugte sich zu seiner Frau herüber und flüsterte ihr ins Ohr:

„Warte draußen auf mich. Ich muss nachsehen, was passiert ist."

Ohne eine Antwort seiner Frau abzuwarten, kletterte er auf die Bühne und folgte dem kleinen Mann, der wieder hinter dem Vorhang verschwunden war.

Auf der Bühne herrschte gewaltige Aufregung. Sänger, Beleuchter, Statisten, Bühnentechniker – alle diskutierten erregt miteinander. Ab und zu warfen sie einen verstohlenen Blick zu dem toten Sänger.

Um den am Boden liegenden Pawel Konzargow hatte sich eine Blutlache gebildet. Nur wenige Schritte von dem Toten entfernt stand eine völlig aufgelöste junge Frau. Etwas abseits lehnte die große Sängerin Maria Furnati an einer Wand. Aus der Nähe sah sie längst nicht mehr so strahlend aus, wie auf den Theaterplakaten. Das Alter hatte bereits ihren Tribut gefordert und in dem einst so schönen Gesicht waren trotz der Schminke etliche Falten sichtbar. Die Sängerin wirkte abwesend. In der Hand hielt sie immer noch die Tatwaffe.

Der Kommissar kniete sich neben den Leichnam. Der kleine Mann mit Glatze hatte Behrend bemerkt und stürzte auf ihn los.

„Was wollen Sie hier? Sie können doch nicht einfach ..."

Der Kommissar zückte seinen Polizeiausweis.

„Haben Sie schon meine Kollegen informiert?"

„Nein. Ich dachte ..." Der kahle Kopf des Männchens war mit Schweißperlen übersät.

„Da tun sie dies schleunigst", herrschte Behrend den Glatzkopf an. Dieser rannte sofort los, um den Auftrag zu erfüllen. Währenddessen wandte sich der Kommissar an alle Umstehenden:

„Wer ist für die Messer in der Vorstellung verantwortlich?"

Unwillkürlich richteten sich alle Blicke auf die junge Frau, die neben dem Toten stand. Sie wischte sich schnell die Tränen aus ihrem Gesicht. Zögernd kam sie auf Behrend zu.

„Clara Schill. Ich bin zuständig für die Requisiten." Unsicher gab sie Behrend die Hand. „Das ist ein besonderes Messer. Sobald die Klinge auf Widerstand stößt, geht sie von selbst in den Schaft zurück. Ich habe vor der Vorstellung alles überprüft."

Behrend schrieb etwas auf den Notizblock, den er immer bei sich trug. Dann näherte er sich der berühmten Opernsängerin und wies auf die blutbeschmierte Waffe.

„Frau Furnati, können Sie mir bitte das Messer geben." Fast mechanisch hielt sie ihm die Tatwaffe entgegen. Darauf bedacht möglichst keine Spuren zu verwischen, prüfte Behrend die Spitze der Klinge. Sie ließ sich nicht in den Schaft zurückschieben. Entweder hatte jemand den Einzug der Klinge blockiert oder das Requisitenmesser wurde ausgetauscht.

„Frau Furnati haben Sie vor ihrem Auftritt das Messer überprüft?"

Die Sängerin erwachte aus ihrer Erstarrung. Einen Augenblick sah sie den Kommissar verwirrt an. Dann fiel ihr Blick auf die Requisiteurin, die immer noch hilflos neben dem Toten stand. Maria Furnati packte den Kommissar am Arm und zog ihn zu sich heran.

„Die Schlampe hat es getan!", zischte sie zwischen ihre zusammengepressten Lippen hindurch.

„Wer?"

„Na die Schill. Mit allen Mitteln wollte sie unsere Ehe zerstören."

„Der Tote war ihr Mann?"

Maria nickte.

„Pawel wollte wieder zu mir zurückkehren. Dies hat sie nicht verkraftet. Die Schill hat das Messer manipuliert! Du Mörderin!" Mit einem theatralischen Schrei stürzte sich auf ihre Konkurrentin. Zwei Bühnentechniker traten beherzt dazwischen. Während sie versuchten die Sängerin zu bändigen, schlug sie wild um sich. Plötzlich knallte ein metallener Gegenstand auf die Bühne. Maria erstarrte. Das Messer war ihr aus dem Kostüm gerutscht. Schnell bückte sich der Kommissar und hob die Waffe auf. Behrend drückte mit dem Zeigefinger auf die Spitze des Messers. Die Klinge schob sich leicht zurück in den Schaft.

„Damit dürfte wohl die Unschuld von Frau Schill bewiesen sein." Behrend ging langsam auf Maria Furnati zu.

„Nicht wahr, Ihr Mann wollte gar nicht mehr zu Ihnen zurückkehren. Er wollte mit der Frau Schill ein neues Leben beginnen. Die berühmte Sängerin wurde gegen eine ..." Behrend setze eine bewusste Pause. „... eine kleine Requisiteurin ausgetauscht. Was für eine Erniedrigung! Deswegen haben Sie Pawel umgebracht."

Die Augen der Sängerin wurden mit einem

Schlag eiskalt. Ganz beherrscht sprach sie leise: „Er hat es nicht anders verdient!"

Maria Furnati raffte ihren Rock, drehte sich abrupt von dem Kommissar ab und verließ mit erhobenem Haupt die Bühne.

Ein missglückter Überfall

```
Fall Nr.: 7
Tatort
Wismar - Mecklenburg
Freitag 29. Dezember 18.37 Uhr bis 18.54 Uhr
```

Es begann zu schneien. Die Flocken tanzten wild in der Luft umher. Ein paar Kinder, die sich trotz der Dunkelheit noch draußen herumtollten, rannten lachend über den Marktplatz und versuchten die glitzernden Sterne mit der Zunge zu erhaschen.

Eigentlich war dies genau das Wetter, welches sich jedes Kind zwischen den Feiertagen wünschte. Vor zwei Jahren hatte Richard seinem Sohn einen Schlitten zu Weihnachten geschenkt. Aber damals war es so warm gewesen, dass bereits die ersten Frühlingsblumen sich aus der Erde reckten. Matti war wahnsinnig enttäuscht. An das letzte Weihnachten wollte Richard gar nicht denken. „O du Fröhliche" im Speisesaal des Knasts war alles andere als heimelig. Und dieses Weihnachtsfest konnte er gleich völlig aus seiner Erinnerung streichen. Richard schlug erbost mit der Faust auf das Lenkrad seines Wagens.

Er brauchte einen Moment bis seine Wut verflogen war. Schließlich kniff er die Augen zusammen und starrte über den historischen Marktplatz der alten Hansestadt. Er hatte keinen Sinn für die herausgeputzten alten Häuser, dem berühmten Rathaus und dem nicht weniger bekannten Wasserspiel. Er war ja kein Tourist. Sein Blick war einzig und allein auf das Bankgebäude gerichtet, welches auf der gegenüberliegenden Seite des Marktes lag.

Durch die großen Fenster konnte Richard ohne Schwierigkeiten in die beleuchtete Schalterhalle schauen. Nur noch ein Kunde befand sich in dem Raum. Erst wenn dieser die Bank verließ, würde Richard losschlagen. Er wollte so wenig wie möglich Unbeteiligte in seine Aktion mithineinziehen. Aber warum kam der alte Opa nicht zu Potte. Wahrscheinlich schwatze ihm die Bankangestellte irgendeine sinnlose Geldanlage auf.

Richard sah auf seine Armbanduhr. Die Minuten krochen mühsam dahin. Es war kalt. Verdammt kalt. Richard rieb sich andauernd die steifgefrorenen Hände. Er musste aufpassen, dass ihm nicht die Pistole aus den klammen „Pfoten" fiel. Noch lag die Waffe einsatzbereit aber gesichert auf dem Beifahrersitz.

Nach seiner Entlassung aus dem Knast hatte Richard sich geschworen, nie wieder eine Bank zu überfallen. Endlich ein anständiges Leben führen und für Frau und seinen Sohn zu sorgen. Es kam aber alles ganz anders. Richard hatte sich schon gewundert, dass Claras Besuche im Knast immer mehr nachließen. Als er schließlich am Tag seiner Entlassung vor der gemeinsamen Haustür stand, hielt ihm seine Frau sofort die Scheidungspapiere entgegen.

„Mein neuer Lebensgefährte!" Clara wies mit einer Geste hinter sich. Da stand ein feiner Pinkel im Anzug – so ein Typ Versicherungsvertreter – und grinste über sein schmalziges Gesicht. Am liebsten hätte Richard ihm die Faust in die feixende Visage geschlagen, aber was sollte Matti dann von ihm denken. Dieser reichte ihm sowieso mehr als schüchtern die Hand. Als Richard ihn umarmen wollte, spürte er, wie der Junge sich gegen diese Berührung sträubte. In den anderthalb Jahren Haft waren Vater und Sohn sich fremd geworden.

Also nahm Richard die Scheidungspapiere, zog grummelnd ab und suchte sich eine billige Bleibe. Als Exknacki bekam er auch keine vernünftige Arbeit. So schlug er sich mit Gelegenheitsjobs durch. Seine Pechsträhne dauerte die nächsten Wochen an. Trotz der Kälte hatte man ihm Strom und Gas abgeschaltet, in seiner Lieblingskneipe wollte man ihn kein Bier mehr anschreiben und der Bankautomat behielt seine Karte ein.

Natürlich war er pleite. Weihnachten war gerade vorüber. Das Geschenk für Matti, eine coole Spielzeugpistole, war nicht ganz billig. Als er sie Heiligabend seinen Sohn überreichen wollte, stand Clara ihm mit hochrotem Kopf gegenüber:

„Willste, dass der Junge in deine Fußstapfen tritt? Solang du keinen Unterhalt zahlst, bekommst du ihn auch nicht zu Gesicht!" Sie knallte ihm die Türe vor der Nase zu. Wahrscheinlich spielte sie zusammen mit dem Versicherungsfutzi und Matti heile Familie unterm Tannenbaum.

Nein, es war lief nicht gut für Richard. Irgendwann zwischen dem ersten und dem zweiten Feiertag, als er alleine auf dem Bett in seiner ungeheizten Wohnung lag, kam ihm der Gedanken: Es blieb ihm einfach nichts anderes übrig, als wieder zu der alten Form der Geldbeschaffung zurückzukehren. Dann könnte er Clara Unterhalt zahlen und endlich wieder Zeit mit seinem Sohn verbringen.

Immer noch quatschte der Opa mit der Bankangestellten. Genervt griff Richard nach hinten. Auf dem Rücksitz des Wagens lag Mattis Weihnachtsgeschenk. Er schnappte es sich, riss die Verpackung auf und betrachtete die Spielzeugpistole von allen Seiten.

Ein wirklich schönes Geschenk. Matti hätte sich bestimmt darüber gefreut. Er stellte sich vor, wie er mit Matti durch den verschneiten Winterwald tobte und mit ihm Räuber und Gendarm spielte. Matti war natürlich der Gendarm und brachte ihn, den gefährlichsten Verbrecher der Welt, zur Strecke. Richard lächelte.

Endlich verließ der letzte Kunde die Bank. Richard legte das Geschenk beiseite und atmete dreimal tief durch. Jetzt gab es kein Zurück mehr. Er zog sich die Pudelmütze soweit über den Kopf, dass die ausgeschnittenen Augenlöcher genau über der Brille saßen. Dann riss er Tür seines Wagens auf, nahm die Waffe und rannte in Richtung Bankgebäude.

Als er in den Schalterraum stürmte, beschlugen die Gläser seiner Brille. Richard versuchte sich irgendwie zu orientieren. Schließlich gelang es ihm die Waffe auf die schon etwas ältere Angestellte zu richten. Diese blickt kurz hoch.

„Sie wünschen bitte."

Richard war total verdattert.

„Das ist, das ist ein Überfall. Geld her, sofort!" Die coole Reaktion der Bankangestellte hatte ihn völlig aus dem Konzept gebracht. Diese musterte ihn lange und eindringlich.

„Steck die Knarre wieder weg. Ich hab' meinem Enkelkind auch so'n Ding geschenkt. Damit kannst Du keiner Fliege etwas zu Leide tun."

Langsam senkte Richard die Waffe. Erst jetzt bemerkte er, dass er Mattis Weihnachtsgeschenk in der Hand hielt.

Richard ließ sich auf eine Bank im Schalterraum fallen. Bald würde der Polizeiwagen eintreffen. Im Knast war es warm und man bekam etwas Anständiges zu essen. Nur Matti würde er eine längere Zeit nicht wiedersehen. Der Gedanke versetzte ihm einen schmerzhaften Stich.

Auferstanden von den Toten

Fall Nr.: 8
Tatort:
Weimar - Thüringen
Montag 5. Mai 9.23 Uhr bis 11.35 Uhr

Es war genau 9 Uhr und dreiundzwanzig Minuten. Zum Weiß-Gott-wievieltem Male starrte Jonas zu der großen Wanduhr. Noch eine gute halbe Stunde, dann stand der alles entscheidende Besuch vor der Tür: Herr Winter von der Lebensversicherung.

Nervös lief Jonas im Wohnzimmer auf und ab. In den letzten Monaten waren seine Schulden fast ins Unermessliche gestiegen - die plötzlich ausbleibenden Aufträge, die Spielschulden, seine anspruchsvolle Frau Marina und weiß der Teufel, warum das Geld ihm noch durch die Finger glitt. Jedenfalls gaben sich die Gläubiger ständig die Klinke in die Hand. Nachdem Jonas sich derer kaum noch erwehren konnte, kam ihm irgendwann die ernüchternde Erkenntnis: Hier hilft nur ein radikaler Schnitt!

Wochenlang hatte er an seinem Plan getüftelt. Nun kam es darauf an, dass Herr Winter ihm seine Geschichte glaubte.

Die Vorbereitungen waren abgeschlossen. Jonas hatte sich als „trauernder Witwer" verkleidet, der Kaffee war bereits gekocht und die Kekse lagen in der Schale.

In seiner Hosentasche vibrierte das Handy. Er

zog es heraus und starrte auf das Display. Verdammt, es war Marina.

„Bist Du denn von allen guten Geistern verlassen."

„Hat alles geklappt?"

Jonas bekam einen hochroten Kopf. Nie hörte Marina richtig zu.

„Zum zehnten Mal. Der Versicherungsfritze kommt heute im Laufe des Vormittags! Wir dürfen im Moment nicht miteinander telefonieren. Sonst fliegt alles auf."

„Aber ..."

„Kein Aber! Wenn es gut läuft, bin ich in ein paar Tagen bei dir in der Schweiz."

„Und das Geld ist wirklich noch nicht auf dem Konto?"

Jonas spürte ihre bewusst gesetzte Kunstpause. Dies verhieß nichts Gutes.

„Jonas ... Du ... Ich stehe hier gerade in einer Boutique und die haben hier ein wunderschönes Kleid. Du weißt doch, wie rot mir steht. Und das Dekolleté bringt meine Titties sensationell zur Geltung ... "

„Nein! Nein! Nein!" Jonas Stimme überschlug sich vor Wut. Er legte für einen Augenblick das Handy beiseite. Zuerst einmal musste er sich beruhigen. Er kannte seine Frau lange genug. Wenn er rumbrüllte, erreichte er bei ihr nur das Gegenteil. Marina war furchtbar eigensinnig. Also atmete Jonas tief durch. Schließlich nahm er das Handy wieder in die Hand und bemühte sich einen möglichst sachlichen Tonfall anzuschlagen.

„Marina, du hängst jetzt bitte das Kleid zurück an seinen Platz." Jonas versuchte jedes einzelne Wort besonders klar und deutlich auszusprechen. „Dann verlässt du augenblicklich diese Boutique. Drehst dich auf gar keinen Fall noch mal um und streichst dir jeglichen Gedanken an dieses Kleid aus dem Kopf. Hast Du mich verstanden?"

Nach einer Weile hört er ein ganz leises: „Ja".

„Du schwörst mir, bei allem was dir heilig ist, dass du keine Dummheiten machst!"

„Findest du das nicht ein wenig albern", wandte Marina nach einer weiteren ewigen Pause ein.

„Nein, das finde ich nicht! Ich kenne dich und deine Schwächen!"

„Nun gut, ich schwöre", gab Marina maulend bei. Trotzdem hatte Jonas ein ungutes Gefühl. Nachdem er sein Handy beiseite gelegt hatte, stieß er ein Stoßgebet gen Himmel aus: Warum musste ausgerechnet seine Frau kleptomanisch veranlagt sein? Schon zu oft hatte sie, wenn sie ihren Willen nicht bekam, Kleider, Schmuckstücke und Parfüms mitgehen lassen.

Nochmals sah Jonas zu der Uhr. Herr Winter hätte eigentlich schon längst da sein müssen. Jonas ließ sich aufs Sofa fallen und griff nach der Tageszeitung. Aber er konnte sich auf keinen Artikel richtig konzentrieren. Dann schaltete er den Fernseher an. Das Vormittagsprogramm war einfach nur öde. Endlich klingelte es. Mit fast einer Stunde Verspätung kam der Versicherungsvertreter. Jonas stand auf, senkte seine Schultern und ging mit leidender Miene und schlurfendem Gang zur Haustür.

Mit seinem schlechtsitzenden Anzug, den streng gescheitelten Haaren und der dunklen Hornbrille sah Herr Winter wie wohl die meisten Vertreter seiner Branche aus. Entschuldigend zog Versicherungsfritze die Arme nach oben.

„Es dut mir leid. Auf der Autobahn war übelst was los. Ich häd ab Ährford lieber die Landstraße nehmen soll'n." Der Vertreter sprach den Namen der Landeshauptstadt so aus, wie es hier in der Gegend üblich war. Wahrscheinlich sollte dieser Trick Verbundenheit mit der hiesigen Kundschaft erzeugen. Sein Händedruck war unangenehm feucht.

„Herr Winter, kommen Sie doch bitte herein."

Jonas half dem Versicherungsvertreter aus dem Mantel und wies ihm den Weg ins Wohnzimmer. Sogleich holte Herr Winter aus seiner Aktentasche einen Ordner hervor.

„Ich darf Ihnen zunächst mein tiefes Bedauern über das Ableben Ihrer Ehefrau zum Ausdruck bringen."

Jonas schluckte und sprach mit belegter Stimme.

„Es kam alles so völlig unerwartet ..."

Herr Winter ging darauf nicht weiter ein, sondern blätterte ungerührt in seinen Unterlagen.

„Sie haben vor geraumer Zeit eine Lebensversicherung auf ihre Frau abgeschlossen. Bevor wir Ihnen die recht beachtliche Summe auszahlen können, müssen wir Ihnen noch ein paar Fragen stellen."

„Das ist doch selbstverständlich."

„Ihre Frau ist bei 'nem Unfall in Italien ums Leben gekommen?"

„Bei starkem Regen hat sie die Kontrolle über ihren Wagen verloren. Das Auto schoss über die Begrenzung, zerschellte an den Klippen und versank im Meer." Jonas wischte verstohlen eine Träne beiseite.

„Die Leiche ihrer Frau wurde nicht gefunden?"

„Das ist ja das Furchtbare!"

Ein tiefer Seufzer kam aus Jonas Brust. Dann reichte er ein Schreiben dem Versicherungsmann.

„Ein offizieller Brief der italienischen Polizei. An der Unfallstelle war eine Bergung der Toten unmöglich. Aber den Augenschein nach, konnte meine Frau auf gar keinen Fall den Sturz überlebt haben."

Herr Winter warf ein Blick auf das Dokument.

„Angesichts der Tragik der Ereignisse werden wir uns als Versicherungsunternehmen kulant verhalten und Ihnen die volle Summe auszahlen. Natürlich wissen wir, dass Geld nicht den Verlust eines geliebten Menschen ersetzen kann."

Während der Versicherungsvertreter irgendwelche juristische Formalitäten vorlas, hüpfte Jonas Herz vor Freude. Das Ziel war erreicht. Sobald die Knete auf seinem Konto war, würde er in die Schweiz zu Marina fahren. Mit neuem Namen, neuer Identität und einem Haufen Schotter im Koffer, werden sie beide ein neues Leben beginnen. Die Gläubiger könnten ihnen dann den Buckel runterrutschen!

„Würden Sie jetzt bitte hier unterschreiben."

Jonas wurde aus seinen Träumen gerissen. Er nahm den Füllfederhalter und setzte zur Unterschrift an. In dem Moment klingelte es. Verwirrt blickte Jonas auf. Er erwartete eigentlich keinen Besuch. Sicherlich war es nur ein Paketbote oder die Zeugen Jehovas. Jonas setzte erneut zum Unterschreiben an. Es klingelte ein zweites Mal.

„Entschuldigen Sie bitte." Genervt legte Jonas den Stift beiseite und eilte zur Tür. Zwei Polizeibeamte lächelten freundlich.

„Sie wünschen bitte?" Er sah die Uniformierten erstaunt an.

„Herr Schneider, wir bearbeiten eine Anfrage unserer Schweizer Kollegen."

„Und was hab' ich damit zu tun?"

„Ihre Frau wurde beim Ladendiebstahl erwischt und hat sich mit Gewalt der Verhaftung widersetzt."

Jonas fühlte, wie der Boden unter seinen Füßen zu wanken begann.

„Aber meine Frau ist tot."

„Das haben wir den Schweizer Kollegen auch gesagt. Da ihre Frau jedoch schon des Öfteren hierzulande beim Klauen erwischt wurde, sind ihre Fingerabdrücke bei uns registriert. Durch den Abgleich bestehen keinerlei Zweifel. In der Zwischenzeit hat ihre Frau ein Geständnis abgelegt."

Jonas perfekter Plan fiel wie ein Kartenhaus zusammen. Es dauerte nur wenige Minuten und auch er spürte die Kälte der Handschellen.

Entführt

```
Fall Nr.: 9
Tatort:
Berlin - Prenzlauer Berg, Thälmannpark
Mittwoch 22. September 11.10 Uhr bis 13.05 Uhr
```

Siegmar saß im „Thälmi" auf einer Bank und las die Zeitung mit den großen Buchstaben. Abwechselnd schielte er nervös über den Rand des Boulevardblatts auf seine Armbanduhr. Es war schon zehn nach elf - Frau Wilke und ihr Hund waren immer noch aufgetaucht. Sonst konnte man die Uhr nach ihnen stellen. Ob Hund oder Frauchen krank waren? Dies würde seinen gesamten Plan über den Haufen werfen.

Von weitem sah er eine ältere Frau mit Hund langsam näherkommen. Siegmar kniff die Augen zusammen. Als sich die Alte der großen Freifläche vor dem Eingang des Parks näherte, konnte er seine Enttäuschung nicht unterdrücken. Sie war mindestens zehn Jahr älter als Frau Wilke. Ihr Hund war außerdem ein Pudel und kein Terrier. Wütend sprang Siegmar auf, zerknüllte die Zeitung und warf sie in den Papierkorb.

„Verdammt, wo bleibt die blöde Kuh bloß!", fluchte er so laut, dass einige Penner, die am Fuße des monströsen Thälmanndenkmals lagerten, erschrocken aufblickten. Auch der riesige steinerne Schädel des kommunistischen Arbeiterführers blickte missbilligend auf Siegmar herab.

„Glotz nicht so doof. Bei mir lief's in letzter

Zeit nit so jut. Da kann einen wirklich mal der Krajen platzen."

Tatsächlich war Siegmars derzeitige finanzielle Situation ein einziges Desaster. Sein Dispokredit war bis zum letzten Cent ausgereizt, er hatte Spielschulden bei ein paar zwielichtigen Kumpels und in wenigen Tagen war die Miete fällig. Ja, früher hätte Siegmar dieses Problem ganz einfach gelöst. Er wäre ohne weitere Umstände in den Schalterraum einer Bank gestürmt, die Maske über den Kopf gezogen, die Knarre herausgerissen und dann:

„Her mit dem Knaster oder es knallt!"

Nun gut, Siegmar ging inzwischen auf die Sechzig zu und für solche Aktionen fühlte er sich zu alt. Er besaß nicht mehr die nötige Fitness und das Reaktionsvermögen. Er musste sich etwas anderes einfallen lassen.

„Du hast dir doch angeblich imma für die Armen und Entrechteten einjesetzt. Also kannste mir doch verstehen, oda?" Siegmar schielte noch mal hinüber zu dem riesigen Kopp. Aber der eherne Koloss verweigerte ihm die Absolution.

Jeder in der Gegend wusste, wie abgöttisch Frau Wilke ihren Terrier Daphne liebte. Die wohlhabende alleinstehende Frau hatte das Tier vor wenigen Monaten von ihrer Tante geerbt. Jetzt versorgte sie Daphne mit geradezu hingebungsvollem Eifer. Nichts war für den Hund gut genug.

Siegmars Plan bestach durch brillante Einfachheit: Er würde Daphne entführen! Er war sich sicher, dass ihr Frauchen jeden Preis bezahlt, um ihren Liebling zurück zu bekommen.

Endlich! Frau Wilke bog mit kleinen trippelnden Schritten um die Ecke. Wie immer hatte sie ihre Hündin im Schlepptau. Hoch erhobenen Hauptes lief sie quer über den Platz, an dem Denkmal vorbei, hinein in den Park. Als sie an ihm vorbeikam, heftete er sich mit einem gewissen Abstand an ihre Fersen. Es waren nur wenige Meter bis zu dem Wäldchen am Eingang des Parks. Hier gab es in dem verdeckten Gelände ein paar besonders günstige Stellen, wo er seinen Plan umsetzen konnte. Einem dieser Punkte näherte sie sich gerade.

Siegmar erhöhte seine Schrittfrequenz. Gleich hatte er sie erreicht. Er beugte sich vor, um die kleine Töle am Schlafittchen zu packen und mit einer heftigen Bewegung der Dame zu entreißen. In dem Moment drehte sich die Hündin um und kläffte Siegmar wütend an. Als ob der Köter eine Vorahnung hätte.

„Entschuldigen Sie bitte, Daphne ist immer leicht nervös, wenn sie einem Fremden begegnet."

Siegmar blickte völlig irritiert Frau Wilke an. Ohne ein Wort der Erwiderung eilte er weiter. Schon im Vorbeigehen ärgerte er sich. Auf der anschließenden großen Wiese, hatten sich bereits andere Hundefreunde versammelt. Jetzt würde sich Frau Wilke bestimmt stundenlang über die Verdauungsprobleme ihres Lieblings unterhalten. Die nächste wirklich gute Möglichkeit ergab sich erst bei der kleinen Bäckerei. Jeden Tag kaufte sich hier die ältere Dame ihre Schrippen und Daphne bekam ein halbes Wurstbrötchen.

Siegmar versteckte sich hinter einem Busch, nur wenige Schritte von dem Laden entfernt. Auf der Hundewiese unterhielt sich Frau Wilke immer noch angeregt mit einer anderen Hundebesitzerin, während sich die beiden Tölen gelangweilt beschnupperten. Genervt blickte Siegmar auf seine Uhr. Die Minuten verrannen und sein Launepegel sank gegen null. Endlich verabschiedete sich Frau Wilke mit Küsschen von ihrer Hundefreundin. Gut gelaunt näherte sie sich der Bäckerei. Wie erwartet, band sie ihren Terrier an den Fahrradständer vor der Eingangstür. Dann betrat sie den Laden.

Siegmar stürzte hinter dem Busch hervor. Im Rennen zog er seinen Mantel aus.

Er warf diesen über Daphne, knotete die Leine ab, drückte den Köter an seine Brust und rannte los. Der Hund zappelte und knurrte. Er versuchte Siegmar zu beißen, doch zum Glück war das Futter des Mantels dick genug.

Von weiten hörte Siegmar das Zetern von Frau Wilke.

„Hilfe, Hilfe! Der Mann hat meinen Hund gestohlen."

Siegmar schloss völlig erschöpft die Tür zu seiner Wohnung auf. Er ließ Daphne auf den Fußboden plumpsen. Doch der verfluchte Köter biss ihm sofort in die Wade. Siegmar heulte vor Schmerz auf. Vor Wut gab er dem Terrier einen Fußtritt. Daphne flog im hohen Bogen in die Küche. Schnell knallte Siegmar die Küchentür zu. Daphne jaulte, kläffte und kratzte an der Tür. Siegmar versuchte sie einfach zu ignorieren, denn er musste seinen Plan jetzt weiterführen.

Einen kurzen Moment überlegte er noch, wie viel er eigentlich für Daphne verlangen soll. Dreitausend Euro waren zu wenig. Zehntausend zu viel. Wahrscheinlich waren fünftausend Euro angemessen. Ja, fünftausend Euro, das war genau die richtige Summe!

Siegmar griff nach dem Telefonhörer und wählte die bereits bereitgelegte Nummer.

„Hier Wilke"

„Ick hab wat, wat sie janz bestimmt wiederhaben wollen. Fünftausend Euro und Sie bekommen Daphne unbeschadet zurück:"

„Und wenn ich nicht zahle?"

Siegmar war verwirrt. Diese Frage hatte er nicht erwartet.

„Dann dreh ick Daphne den Hals um", antwortete er nach einer längeren Pause.

„Ich werde Sie nicht daran hindern! Wissen Sie, meine Tante hat in ihrem Testament veranlasst, dass ich mich bis Daphnes Tod um das Tier kümmern muss. Erst danach erhalte ich Zugriff auf das gesamte Vermögen. Sie tun mir also einen ungeheuren Gefallen."

Siegmar hörte, wie Frau Wilke den Telefonhörer auflegte. Noch völlig benommen ging er zur Küchentür und öffnete diese. Daphne blickte ihn mit gebleckten Zähnen an. Ehe er sich versah, stürzte sich der Terrier mit wütendem Knurren auf ihn. Es war wohl doch nicht so eine gute Idee Daphne zu entführen.

Das größte Osterfeuer der Welt

```
Fall Nr.: 10
Tatort:
Stecklenberg - Harz
Samstag 27. März 11.17 Uhr bis 12.41 Uhr
```

Wachtmeister Bork stürmte in das Vorzimmer des Bürgermeisters. Erschrocken schaute Regina von ihrem Computer auf.

„Wo ist der Bürgermeester?" Der Polizist schnappte erschöpft nach Luft.

„Nicht Bürgermeister, sondern Ortsvorsteher. Herr Wachtmeister Bork, Sie wissen ganz genau, dass seit der Gemeindegebietsreform Stecklenberg nicht mehr über einen eigenen Bürgermeister verfügt." Regina rückte ihre Brille auf der Nase zurecht und blickte den Polizisten mit strenger Mine an.

„Das ist mir völlig Wurscht. Für mich bleibt der Bürgermeester der Bürgermeester. Da können die sich in Machdeburch sonstewas ausdenken." Der Wachtmeister atmete tief durch. „Egal wie man den Krause nun nennen soll, ich muss ihn sprechen!"

Bork spurte an dem Tisch der Sekretärin vorbei. Doch diese, reaktionsschnell, sprang auf und schob ihren ausladenden Busen zwischen den Wachtmeister und der Bürotür ihres Chefs.

„Der Herr Ortsvorsteher ist mit den Vorbereitungen für das heutige Osterfeuer beschäftigt."

„Aber darum geht's doch." Verzweifelt sah der

Polizist die Sekretärin an. „Richard Pohl liegt erschlagen auf dem Festplatz!"

Regina erstarrte. Sie wusste sofort, was das bedeutete. Ohne Richard Pohl konnte das Osterfeuer nicht stattfinden. Er war der Vater des riesigen Spektakels, welches die Gemeinde weit über die Landesgrenzen hinaus berühmt gemacht hatte. Im letzten Jahr brannte das Feuer sage und schreibe vierunddreißig Meter hoch. Dazu gab es noch pyrotechnischen Effekte und zum krönenden Abschluss ein phänomenales Feuerwerk. Osterfeuer in Stecklenberg war inzwischen ein einzigartiges Event. Die Besucher kamen von überall her und spülten Geld in die klamme Gemeindekasse. Das sollte nun mit einem Schlag vorbei sein?

Völlig unbemerkt war Krause im Türrahmen erschienen. Er war leichenblass.

„Ist das wahr?"

Der Wachtmeister nickte. Bevor Krause irgendetwas zu dieser schockierenden Nachricht sagen konnte, packte Bork ihn am Ärmel seines Jacketts.

„Bürgermeester, Sie müssen jetzt mitkommen. Wir sind nur drei Mann und die benötsch ich um den Tatort abzusperren. Die von der Mordkommission aus Machdeburch sind frühestens in 'ner Stunde hier. Ich brauche vor Ort 'ne echte Autorität! Es ist doch seit Ewigkeiten der erste Mord in Stecklenberg."

„Ich weiß nicht ..." Krause sah sich hilfesuchend nach seiner Sekretärin um.

„Schon gut Chef. Ich halte hier die Stellung. Sie

werden am Tatort gebraucht."

Zögernd folgte Krause dem Wachtmeister. An der Tür verharrte er kurz und wandte sich noch einmal an seine Sekretärin.

„Falls meine Frau anruft, erzählen Sie ihr nichts von dem Mord. Sie regt sich immer so leicht auf."

„Geht klar Chef."

Krause ging aus der Tür hinaus. Dann drehte er sich ein zweites Mal um.

„Und Regina, auch sonst soll noch niemand davon erfahren. Haben wir uns da verstanden?"

„Das ist doch selbstverständlich. Ich wäre nie auf den Gedanken gekommen."

Die Bürotür fiel knallend ins Schloss. Regina blickte mit einem bedauernden Lächeln ihrem Chef hinterher. Zu gerne hätte sie ihre beste Freundin von der aufregenden Neuigkeit erzählt. Nun fühlte sie sich jedoch an das Versprechen gebunden.

Mit Blaulicht und Sirene fuhren die beiden Männer an den westlichen Ortsrand von Stecklenberg. Schon von weitem sah man den riesigen „Scheiterhaufen". Die verschieden großen Holzstämme und Reisigbündel reckten sich wie der Turm zu Babel gen Himmel. Auf dem Platz drum herum waren Imbissbuden aufgestellt. Einige von ihnen hatten bereits geöffnet. Aber keiner der zahlreichen Neugierigen schien sich darum zu kümmern. Alle glotzten in Richtung des abgesperrten Tatorts.

Der Streifenwagen bremste scharf auf dem unebenen Gelände.

„Das darf doch nicht wahr sein! Was will der Wegner denn hier?" Krause hatte unter den Gaffern seinen Amtskollegen aus der Nachbargemeinde Neinstedt entdeckt. Ohne weiter auf Wachtmeister Bork zu achten, sprang Krause aus dem Wagen und stampfte wütend seinen Amtskollegen entgegen.

„Na Krause, jetzt müsst Ihr wohl das Osterfeuer abblasen." Wegner empfing ihn mit einem breiten Grinsen.

„Das könnte Euch so passen." Unvermittelt packte ihn Krause am Schlafittchen. „Ich sage dir, einer deiner Leute steht hinter dem Mord."

„Spinnst du?" Wegner riss sich los und blitzte seinen Amtsbruder wütend an.

„Wag es bloß nicht, mich noch einmal anzufassen! Wir haben mit der ganzen Sache nichts zu tun."

„Und das soll ich dir glauben." Krause lachte höhnisch auf. „Ihr seid doch vom Neid zerfressen, weil wir es geschaffte haben ins Guinessbuch zu kommen. Immer wieder habt ihr versucht unser Feuer zu sabotieren. Aber das ihr sogar vor Mord nicht zurückschreckt ..."

Jeder der Umstehenden wusste sofort, worauf Krause anspielte. Nachdem Stecklenberg mit dem größten Osterfeuer der Welt ins Guinessbuch der Rekorde aufgenommen wurde, hatte im darauffolgenden Jahr irgendjemand den „Scheiterhaufen" vorher abgebrannt, so dass eine Verteidigung des Rekordes unmöglich war. Dahinter konnten nur die Leute aus Neinstedt stehen.

„Das nimmst du sofort zurück!", brüllte Wegner und stürzte sich auf seinen Amtskollegen.

„Was wahr ist, muss auch wahr bleiben!", erwiderte Krause mindestens genauso heftig. Nur mit Mühe gelang es den Umstehenden die beiden Streithähne auseinanderzuhalten.

Währenddessen war Bork unter dem Absperrungsband hindurchgekrochen. Der Tote lag immer noch an derselben Stelle, wo ihn heute Morgen ein Forstarbeiter gefunden hatte. Deutlich konnte Bork die Platzwunder am Kopf des Opfers erkennen. Der Mörder hatte Richard mit einem kräftigen Holzscheit erschlagen. Die mutmaßliche Tatwaffe lag nur wenige Meter von dem Leichnam entfernt. Einer von Borks Kollegen hatte die Stelle markiert. Der Wachtmeister kniete neben dem Toten nieder. Natürlich war er als Dorfpolizist kein Fachmann für die Mordaufklärung. Trotzdem spürte er, wie seine kriminalistische Ader sich zu regen begann. Vielleicht entdeckte er etwas Entscheidendes, ehe die Kollegen von der Mordkommission hier eintrafen. Gerne würde er den arroganten Schnöseln aus der Landeshauptstadt ein wichtiges Indiz unter die Nase reiben. Bork beugte sich über den Toten. Zunächst konnte er nichts Außergewöhnliches erkennen. Doch plötzlich stockte sein Atem. Zwischen den starren Fingern des Leichnams lugte ein Stückchen Papier hervor.

Der Wachtmeister sah sich schnell um. Die ganze Aufmerksamkeit der Leute war auf den Streit zwischen den beiden Bürgermeistern gerichtet. Also nahm er beherzt die Hand des Toten und zog mühsam den Zettel heraus. Vorsichtig faltete er ihn auseinander.

„Während Sie sich für das Wohl unseres Ortes aufreiben, vergnügt sich Ihre Carmen mit Richard Pohl. Ein besorgter Nachbar."

Eiskalt lief es Wachtmeister Bork den Rücken herunter: Es gab in Stecklenberg nur eine Person die den außergewöhnlichen Namen Carmen trug - die Frau des Bürgermeisters.

Wahrscheinlich wollte Krause seinen Nebenbuhler zur Rede stellen. Richard muss ihm den Zettel entrissen haben und dann war die Sache eskaliert.

Bork blickte in Richtung der beiden Streithammel. Er seufzte einmal schwer. Daraufhin ging er langsam auf Krause zu.

„Herr Bürgermeester, könnte ich Sie mal unter vier Augen sprechen?" Blitzartig drehten sich beide Bürgermeister der Nachbargemeinden ihm zu.

„Krause, ich meine Sie." Der nickte und folgte dem Wachtmeister in ein angrenzendes Waldstück. Als sie genug Abstand von den neugierigen Blicken der Anderen hatten, zog Bork den Zettel hervor. Krause wurde mit einem Mal aschfahl. Nach einer Weile schluckte er und dann sprach mit fast tonloser Stimme.

„Sie müssen mir glauben. Ich weiß selber nicht,

wie dies passieren konnte. Ich war so wütend und plötzlich war da dieser Knüppel ..."

Der Wachtmeister nahm die Handschellen von seinem Gürtel ab. Krause, der dies bemerkte, berührte ihn leicht bei der Schulter.

„Geben Sie mir bitte zwei Minuten. Ich muss noch etwas erledigen."

Nach kurzem Zögern erlaubte es ihm Bork. Der Bürgermeister ging zurück zu der Stelle, wo sich die Zahl der Schaulustigen inzwischen verdoppelt hatte. Er warf einen wehmütigen Blick auf den riesigen „Scheiterhaufen", dann wandte er sich an die neugierig Wartenden.

„Das Osterfeuer findet heute Abend wie geplant statt. Diesmal muss es uns gelingen den Guinnesrekord wieder nach Stecklenberg zurückzuholen. Das sind wir Richard schuldig."

Begeistertes Johlen und Trampeln war die Antwort der Zuschauer auf die Ankündigung des Bürgermeisters. Krause hob beschwichtigend die Hände. Er winkte er den Bewohnern seiner Gemeinde noch einmal zu und folgte daraufhin dem Wachtmeister zum Streifenwagen.

Der schönste Kater

Fall Nr.: 11
Tatort:
Chemnitz – Messehalle
Samstag 11. Februar 14.05 Uhr bis 14.40 Uhr

Vorsichtig hob Horst seinen edlen Perserkater Carlo aus der Transportbox. Dieser streckte sich und maunzte leise. Zufrieden betrachtete der pensionierte Kriminalkommissar das glänzende Fell des Katers.

„Nu mei Kleener. Diesmal schaffen wir's bestimmt in die Top Ten. Und für misch biste sowieso der scheenste Kater in ganz Sachsen!"

Wie zur Bestätigung maunzte der Kater ein weiteres Mal. Horst musste lächeln. Carlo warf ihm einen abschätzigen Blick mit seinen undurchdringlichen bernsteinfarbenen Augen zu. Dann balancierte er elegant auf dem schmalen Rand des Resopaltisches. Er mustere die Konkurrenz mit überheblicher Mine, drehte sich um und zeigte ihnen den Hintern. Horst fühlte sich mal wieder bestätigt: Mensch und Katze waren sich mehr als ähnlich.

„Mörder! Mörder!"

Eine schrille Frauenstimme hallte durch die Ausstellungsräume. Blitzschnell wandte sich Horst um. Sein Adrenalinspiegel stieg sofort in die Höhe. Seit vier Jahren war er bereits in Pension. Manchmal fürchtete er, dass ihm sein kriminalistischer Instinkt verlassen hatte. Aber in den Fingern kribbelte es ihm immer noch, sobald nur der leiseste Verdacht eines Verbrechens in der Luft lag.

Horst kannte diesen charakteristischen hysterischen Überschlag in der Stimme? Klar - Jutta Hansen, die stolze Besitzerin von Rosario. Wenn dieser prächtige Kater in den Wettbewerb trat, waren alle anderen chancenlos. Rosario räumte regelmäßig bei jeder Rassenkatzenausstellung den ersten Preis ab.

„Es dut mir leid Carlo, aber die Pflicht ruft." Der pensionierte Kriminalkommissar schnappte das Tier am Schlafittchen und schob es zurück in die Transportbox. Dann spurtete er los.

Am anderen Ende der Halle hatte sich bereits eine beachtliche Menschenmenge gebildet. Eine ältere Dame in einem rosaroten Kostüm drosch mit ihrer Handtasche auf ein mickriges Männchen ein.

„Mörder!"

„Hören Sie bitte auf! Sie sind ja völlig übergeschnappt"

Vergeblich versuchte der kleine Mann den Schlägen auszuweichen. Jetzt identifizierte Horst auch Juttas Gegenspieler: Herr Frank, der Besitzer von Momo, dem ewigen Zweiten. Der Ex-Kommissar schob die neugierig Gaffenden beiseite.

„Jutta, beruhigen Sie sich!"

Die Angesprochene hielt mitten im Schlag inne und schaute Horst verwundert an. Dann erst erkannte sie ihn. Bei etlichen Ausstellungen hatten sie öfters ein paar Worte miteinander gewechselt. Natürlich wusste Jutta über seine ehemalige Tätigkeit Bescheid.

„Horst, Sie müssen den da sofort verhaften. Dieser Mann ...",

Jutta zeigte auf den verwirrt dreinblickenden Herrn Frank,

„... hat meinen Kater ermordet!" Ihr großer Busen wogte heftig vor Erregung.

„Es tut mir leid. Ich arbeite nicht mehr bei der Polizei. Außerdem ..." Ehe Horst weiterreden konnte, schnitt ihm Jutta herrisch das Wort ab:

„Dieser ewige Verlierer kann es nicht ertragen, dass unser Rosario einen Preis nach dem anderen abgeräumt, während sein hässlicher Kater chancenlos bleibt." Jutta Augen sprühten vor Erregung. Inzwischen hatte sich Herr Frank etwas gefangen. Er stellte sich auf die Zehenspitzen, um so ein paar Zentimeter an Statur zu gewinnen.

„Das ist doch lächerlich. Mein Momo hat wahrscheinlich schon mehr Preise gewonnen, als ihr braunhaariger Streuner."

„Braunhaariger .... Braunhaariger Streuner!" Jutta schnappte nach Luft. Sie holte wieder mit ihrer Handtasche aus. Im letzten Augenblick gelang es Horst ihr in den Arm zu fallen. Er blickte sie streng an.

„Jutta, nun erzählen Sie mir mal ganz in Ruhe, was denn alles so passiert ist. Und schön der Reihe nach." Horst sprach sehr langsam und deutlich. Dann legte er seinen Arm um die Schulter der erregten Katzenbesitzerin und führt sie zu ihrem Platz.

Das Unglück war schon von weitem zu erkennen. Auf dem Tisch lag, nur notdürftig mit einem Tuch bedeckt, der tote Kater. Sobald Jutta ihren verstorbenen Schatz erblickte, kullerten dicke Tränen über ihre Wangen.

„Zunächst verhielt sich Rosario wie bei jeder Ausstellung. Selbstbewusst. Keinerlei Nervosität war ihm anzumerken. Doch plötzlich begann mein Liebling am ganzen Körper zu zittern, Schaum bildete sich um sein Maul. Er bekam Krämpfe, erbrach sich und fiel zu Boden..." Ein Schluchzer unterbrach ihren Redefluss. Mitfühlend strich der ehemalige Kommissar ihr über die Hand.

„Und dann?"

Jutta blickte Horst einen Moment lang stumm an. Sie setzte an. Statt einer Antwort kam nur ein schwerer Seufzer aus ihrer Brust.

„War Rosario tot." Eine gleichgültige Männerstimme mischte sich in das Gespräch ein. Horst drehte sich verwundert um. Er hatte die ganze Zeit den etwas abseits sitzenden Mann von Jutta nicht bemerkt. Im Gegensatz zu seiner Frau schien ihm Rosarios Tod nicht sonderlich zu berühren. Jedenfalls blätterte er seelenruhig weiter in einer Zeitung.

Horst überlegte kurz, ob er Juttas Mann zu dem Tathergang befragen sollte. Er entschied sich jedoch dagegen. Stattdessen nahm er den Fressnapf des Katers in die Hand und untersuchte ihn genauer.

Auf dem ersten Blick konnte er nichts Verdächtiges erblicken - nur ein paar Brocken rohes Rindfleisch. Trotzdem, wenn ein Tier so urplötzlich stirbt, war dies ungewöhnlich. Alles wies auf eine Vergiftung hin. Sollte Herr Frank doch ... Aber dann musste er unbemerkt an den Fressnapf gekommen sein.

Eine Analyse im Labor würde Gewissheit bringen. Horst nahm seinen Kugelschreiber und schob das Fleisch beiseite. Zwischen den Fleischbrocken schimmerte etwas Bläuliches. Horst fischte ein Stückchen blaues Granulat heraus und hielt es gegen das Licht.

„Das ist Schneckenkorn. Früher hab' ich das och für die Schneckenplage im Garten genommen. Aber für die Katzen ist dies Zeusch hochgiftig. Seit dem ich das weeß, kommt's mir ni mehr ins Haus."

Herr Frank hatte sich unmerklich genähert und betrachtet ebenfalls interessiert das Granulat. Sofort blitzen Juttas Augen auf.

„Das war ein eindeutiges Geständnis! Ich bleibe dabei, dieser Mensch hat unseren Rosario ermordet."

„So ein Quatsch!" Herr Frank wollte schon wieder gehen, da versperrte ihn Jutta den Weg.

„Freuen Sie sich nicht zu früh. Wir werden uns einen neuen Kater zulegen. Noch schöner als Rosario! Und dann haben Sie nichts gewonnen! Rein gar nichts!"

„Du kaufst keinen neuen Kater!" Wütend knallte Juttas Ehemann die Zeitung auf den Tisch. „Es ist ein für alle Mal vorbei. Ich will kein Leben mehr, das sich nur um diese Viecher dreht! Katzen! Katzen! Jeden Tag nur Katzen!"

Jutta sah ihren Mann verdattert an. So hat sie ihn noch nie erlebt. Der schnappte sich seine Aktentasche, packte die Zeitung ein und ging schnurstracks an seiner Frau vorbei.

„Du kannst mich in dieser Situation nicht alleine lassen!", rief sie ihm hinterher. Juttas Mann blieb stehen.

„Doch ich kann!" Er sah seine Frau kalt an. Horst berührte ihn an der Schulter.

„Herr Hansen, dürfte ich einen Blick in Ihre Aktentasche werfen?"

Unwillkürlich presste Juttas Mann die Tasche fest an sich.

„Gib dem Kommissar Deine Aktentasche!" Da war er wieder der hysterische Tonfall in ihrer Stimme.

„Nein ... Niemals!", hielt er ihr standhaft entgegen.

Jutta griff nach Tasche und wollte sie ihrem Mann entreißen. Dieser wehrte sich mit allen Kräften. In Folge der Rangelei entglitt ihm jedoch die Aktentasche und der Inhalt verstreute sich über den Boden. Eine Plastedose rollte auf Horst zu. Er hob sie auf. Neben dem Bild einer Schnecke konnte man mit dicken Buchstaben das Wort „Schneckenkorn" lesen. Horst lächelte. Sein kriminalistischer Instinkt hatte ihn nicht verlassen.

Flinke Finger

```
Fall Nr.: 12
Tatort:
Berlin - Alexanderplatz
Samstag 4. August 12.23 Uhr bis 12.47 Uhr
```

Die brütende Mittagssonne ließ selbst den Asphalt auf dem Alexanderplatz schwitzen. Zum Glück hatten sich Mischa und seine Crew rechtzeitig um einen schattigen Platz direkt im Schatten des S-Bahnhofs gekümmert. Dafür mussten sie früh genug aufstehen und ein paar unangenehme Kämpfe mit einer Bande Bettler austragen, die auf ihren Stammplatz beharrten. Aber letztendlich verfügte Mischas Gang über die schlagkräftigeren Argumente.

Es war Ferienzeit. Die Berliner waren aus der Betonwüste geflohen und in der Stadt trieben sich fast nur Touristen herum. Mischa kniff die Augen zusammen und schielte zu der gläsernen Kuppel des Fernsehturms. Vor der Sehenswürdigkeit hatte sich eine ansehnliche Schlange mit Besuchern aus allen Herren Länder gebildet. Da geschah es automatisch, dass sich der eine oder andere zu seinem Standort verirrte. Die Chance heute richtig abzusahnen standen ausgesprochen gut.

Langsam begann Mischa die Holzbecher hin und her zu schieben. Noch war sehr deutlich zu erkennen, an welcher Stelle sich der schwarze Stein befand. Jetzt erhöhte er das Tempo. Mit einem Mal flogen die Becher geradezu durch die Luft -

ein einzigartiges verwirrendes Spiel aus Geschicklichkeit und Magie. Plötzlich stoppte Mischa völlig überraschend. Die drei Becher waren auf ihrer Endposition angelangt. Ein dicker Mann im Hawaiihemd starrte wie hypnotisiert auf die drei Holzbecher. Er schluckte, überlegte fünf Sekunden, worauf er Mischa triumphierend ansah.

„Ich bin mir zu hundert Prozent sicher. Der Stein liegt unter dem Linken."

Mischa zog ganz langsam das Gefäß nach oben. Dem Dicken liefen Schweißperlen über das Gesicht. Er hielt den Atem an. Dann erstarrte seine Miene: kein Stein!

„Verflucht. Ich hätte schwören können ..."

Mischa nahm den mittleren Becher hoch. Hier lag der schwarz glänzende Stein.

„Tut mir leid", entschuldigte er sich mit einem charmanten Grinsen. Wütend knallte ihm der Mann einen Zwanzig-Euro-Schein vor die Füße.

„Ihr seid doch alle Betrüger!" Der Dicke schob die glotzenden Zuschauer beiseite und stampfte, ohne sich noch einmal umzublicken, davon. Seine nicht ganz jugendfreien Flüche hallten noch eine Weile über den gesamten Platz.

Die Gefahr war jetzt groß, dass die gute Stimmung umschlug. Wenn er nicht sofort das misstrauisch gewordene Publikum zurückgewann, konnte er für die nächste halbe Stunde ein anständiges Geschäft vergessen. Aber als ausgebuffter Profi, wusste er genauer, wie er die Leute um den Finger wickelt.

„Wer wagt, der jewinnt! Die nächste Spielrunde bejinnt", rief Mischa im perfekten Berlinerisch, obwohl es ihn erst vor zehn Jahren aus Bulgarien in die Stadt verschlagen hatte. Schnell bekam er mit, dass die stinknormalen Touristen mehr Vertrauen zu einem „echten" Berliner Hütchenspieler als zu den Jungs aus dem Balkan haben. Mischa färbte sich die Haare blond und imitierte so lange den Dialekt, bis er authentisch herüberkam. Schon bald war er der König der Hütchenspieler und den Titel wollte er auf gar keinen Fall verlieren.

Doch im Moment lief es gerade nicht so gut. Ein paar der Zuschauer hatte sich bereits entfernt, ein paar andere standen noch unschlüssig herum. Ehe diese auch noch das Weite suchten, musste Mischa auf seine „Geheimwaffe" zurückgreifen. Fast unmerklich zwinkerte er seinem Kumpel Pawel zu. Dieser wartete längst auf seinen Auftritt.

„Ich hätte Bock auf ein Spielchen."

„Na denn. Komm Se her, komm Se ran!"

Pawel reichte ihm einen Zehn-Euro-Schein herüber. Während Mischa routiniert die Becher verschob, musterte er eingängig die Umstehenden. Vom armen Schlucker bis zum wohlhabenden Akademiker war alles dabei. Doch der extravagante Sommeranzug eines älteren Herren fiel ihm sogleich ins Auge. Außerdem waren da noch dessen gepunktetes Einstecktuch und der breitkrempige Strohhut. Und dann war noch die Art wie der Alte seine Bewegungen studierte. Diese ganz spezielle Mischung aus gespannter Aufmerksamkeit und

Gier in seinen Blicken. Mit den Jahren hatte Mischa ein Gespür für risikofreudige Spieler bekommen. Dieser gehörte hundertprozentig dazu.

Selbstverständlich lag diesmal der Stein unter dem von Pawel angegebenen Becher. Der freute sich, wie ein kleiner Junge und nahm strahlend das Geld entgegen. Innerlich musste Mischa schmunzeln. Pawel besaß richtiges schauspielerisches Talent. Wenn er noch ein wenig an seiner Fingerfertigkeit arbeitete, würde er mal ein Großer in der Szene werden.

Die Stimmung unter den Zuschauern hatte sich wieder spürbar gewandelt. Mischa sah in Richtung des älteren Herrn. Er musste den alten Snob dazu bringen, sich auf ein Spiel einzulassen.

„Hätten Se Lust uff ene kleene Partie?" Mischa musterte provozierend den älteren Herrn von oben bis unten. Der Angesprochene zögert nur einen Augenblick.

„Aber ich gebe mich nicht mit Peanuts ab."

Mit einer lässigen Handbewegung reichte er Mischa einen Einhundert-Euro-Schein. Mischa kribbelte es förmlich in den Fingern.

„Neues Spiel, neues Glück!"

Der alte Mann ließ sich, trotz seiner eleganten Kleidung, auf der Erde nieder. Irritiert sah ihn Mischa an. Irgendetwas stimmte nicht mit diesem Typen. Er musste auf der Hut sein.

„Ich möchte gerne das Spiel aus der Nähe betrachten", erklärte der Alte ungefragt. Wahrscheinlich hatte er Mischas misstrauischen Blick bemerkt.

Lässig schob Mischa sein ungutes Gefühl beiseite und begann das Spiel sogleich in einem rasanten Tempo.

„Alle Achtung, du bist wirklich ein echter Künstler." Der alte Herr lächelte.

Mischa fühlte sich durch dieses Lob durchaus geschmeichelt. Normalerweise fand er kaum Anerkennung für seine Geschicklichkeit. Trotzdem kannte er kein Erbarmen mit seinem Opfer. Er würde den Alten bis aufs letzte Hemd ausziehen.

„Wo ist der Stein?" Mischa fixiert den alten Herrn. Dieser überlegte einen kurzen Moment, dann fuhr er mit dem Zeigefinger über die drei Becher hinweg. Für einen Augenblick schwankte er zwischen dem mittleren und dem rechten.

„Unterm rechten!"

Mischa hob ganz entspannt das benannte Gefäß nach oben. Er war sich absolut sicher, dass der Stein auf der linken Seite gelandet war. Ein Raunen ging durch den Kreis der Zuschauer. Mischa blickte entsetzt auf den schwarzen Stein.

„Das kann nicht sein", entfuhr es ihm.

„Meine zweihundert Euro, bitte!" Lächeln stand der Mann auf, putzte sich den Staub von der Hose.

„Keinen Cent siehst du von mir!" Mischa packte den Alten wütend am Kragen seines feinen Seidenhemdes und zog ihn dicht zu sich heran. Dieser sah kurz über Mischa Schulter und flüsterte ihm zu:

„Vorsicht. Polizei!"

Sofort ließ Mischa den Mann los. Blitzschnell verschwanden die Becher und der schwarze Stein in seinem Koffer. Dann schaute er auf. Aber von einer Polizeistreife war weit und breit keine Spur zu sehen. Aber auch der ältere Herr war auf einmal verschwunden. Völlig irritiert schaute sich Mischa um. Da – im Eingangsbereich zum S-Bahnhof lupfte der Alte den Sonnenhut und winkte ihm ironisch zu. In der anderen Hand hielt eine Brieftasche.

„Du beherrschst dein Handwerk nicht schlecht, aber bis zur echten Vollkommenheit musst du noch einiges lernen", rief er ihm zu.

Dann verschwand er mit Mischas Brieftasche im Gedränge. Mischa gestand sich zähneknirschend ein: Er hatte seinen wahren Meister gefunden.

Ein genialer Plan

Fall Nr.: 13
Tatort:
Landkreis Ilm, zwischen Schmiedefeld und Suhl – Thüringen
Sonntag, 13. Januar 9.35 Uhr bis 10.48 Uhr

„Ich glaub' es nicht! Biste so schwer von Begriff oder tuste nur so?" Werner schlägt voller Wut mit der Faust auf das Lenkrad.

„Also noch einmal. Wir fahren rauf bis zum Abzweig Ringberg. Von dort aus hat man 'ne gute Aussicht über den gesamten Verkehr. Wenn nun so'n richtiger nobler Schlitten ran braust, schmeiße dich auf die Straße und spielst den schwerverletzten Mann."

„Und wenn er nicht bremst?" In Hendriks Mine spiegelte sich die pure Panik wider.

„Du bist wirklich ein echter Schisser. Natürlich stell ich vorher unsere Karre so in die Quere, dass der Fahrer auf alle Fälle halten muss. Und dann geht das Spektakel ordentlich los." Werner boxte seinen Kumpel begeistert in die Seite. „Ich, mit aufgerissenen Augen und panischem Blick, renn auf den Fahrer zu, gestikuliere wild mit meinen Armen und komme völlig atemlos vor dem Wagen an. Sobald der Typ die Tür aufreißt, lass ich einen hochdramatischen Spruch ab."

Während Werner sich weiter über seine „genialen" schauspielerischen Fähigkeiten ausließ, schaute Hendrik aus dem Fenster. Der Schnee tanzte ausgelassen durch die Luft.

Hoffentlich muss ich nicht zu lange auf der Straße liegen. Es ist verdammt kalt heute – Das war der einzige Gedanke der Hendrik durch den Kopf schoss, währenddessen sein Kumpel ununterbrochen laberte.

„Der Fahrer wird mir natürlich sofort folgen. Wenn er sich dann über dich beugt und deine Wunde sieht ..."

Unwillkürlich warf Hendrik einen Blick in den Spiegel. Fast zwei Stunden hatten sie damit zugebracht ihm eine halbwegs glaubhafte Verletzung zu schminken. Doch wenn er sich jetzt so recht betrachtete, war das Ergebnis mehr als dürftig. Sie hätten nicht das Geld für eine professionelle Maskenbildnerin sparen sollen. Falls der Fahrer ihn nur ein paar Sekunden genauer ansah, flog der ganze Schwindel auf.

„... dann reiß ich die Knarre raus, drücke ihn diese zwischen die Rippen und verlange die Schlüsseln für seinen Luxuswagen. Ab geht die Post! In nicht mal zwei Stunden sind wir über die Grenze in Tschechien. Da wird die Karre verkloppt und jeder von uns ist um fünftausend Euro reicher. Ein genialer Plan."

Werner setzte sein selbstgefälliges Grinsen auf.

„Früher war das alles irgendwie einfacher. War der passende Wagen gefunden, schlug man die Scheibe ein, die Kabel kurzgeschlossen und schon ging's los. Ruckzuck und die Kohle hat gestimmt."

„Hendrik, Du lebst nicht mehr in den Neunzigern. Auto, das ist heute hochautomatisierte Technik, mit ganz viel Computer und anderem Scheiß. Da kannste nicht einfach nur die Kabel kurzschließen. Während Du im Knast auf der faulen Haut lagst, hab ich mich weitergebildet. Die Idee für den Plan stammt aus einem Film, der vor kurzem im Fernsehen lief."

Plötzlich bremste Werner scharf. Hendrik knallte fast gegen die Scheibe.

„Kannst du nicht aufpassen!"

„Hast du den weißen Sportwagen gesehen?"

„Welchen Sportwagen?"

„Zwei Serpentinen weiter unter. In fünf Minuten wird er bei uns sein. Der bringt bestimmt zehn Mille für jeden von uns. Nun komm raus aus den Pantoffeln!"

Werner sprang aus dem Wagen, rannte zu der Beifahrertür und zerrte Hendrik heraus.

„Los bisschen zackig. Leg Dich auf die Straße. Und ich will keinen Mucks von dir hören."

Hendrik schaute etwas verdattert auf die vereiste Fahrbahn. Sollte er sich lieber auf die linke oder auf die rechte Seite legen? War es besser die Beine anzuwinkeln oder sie weit von sich zu strecken? Hendrik hatte wirklich keinerlei Ahnung, welche Stellung seines Körpers am überzeugendsten wirkten. Nach mehreren Versuchen entschied er sich für die rechte Seitenlage mit angewinkelten Knien.

Erst als er eine Weile auf dem Boden lag, bemerkt er, wie kalt der Straßenbelag war. Verdammt, er hatte in der Aufregung vergessen seine Jacke mitzunehmen. Die lag im Kofferraum. Sollte er noch einmal zurückrennen? Als er sich aufrappelte, ließ ihn Werners wütender Blick sogleich Abstand von dieser Idee nehmen. Sofort legte er sich wieder hin. Schon nach zwei Minuten spürte er, wie die Kälte in seine Knochen kroch. Länger als zehn Minuten würde er das, nur mit einem Hemd bekleidet, nicht aushalten.

Zum Glück hörte er in der Ferne das Geräusch eines PS-starken Motors. Hendrik schielte zu Werner herüber. Es war typisch. Der Blödmann hatte vergessen ihre Karre richtig zu positionieren. Hendrik war vollkommen schutzlos der Reaktionsschnelligkeit des Fahrers ausgeliefert.

Das Auto kam mit großer Geschwindigkeit immer näher. Aufspringen machte jetzt keinen Sinn mehr. Er schloss die Augen und stieß ein Gebet gen Himmel aus:

„Lieber Gott, lass ihn mich entdecken, bevor es zu spät ist."

Der Herr meinte es gut mit Hendrik! Jedenfalls quietschten die Bremen. Der schicke Sportwagen kam wenige Meter vor ihm zum Stehen. Hendrik atmete tief durch. Er traute sich nicht seine Augen auch nur einen Spalt zu öffnen. So erlebte er Werners theatralischen Auftritt als eine Art Hörspiel. Sein Kumpel zog seine Show genauso ab, wie er sie ihm bereits vor einer halben Stunde im Auto vorgespielt hatte.

Werner übertrieb furchterregend. Falls der Fahrer diese Schmierenkomödie nicht durchschaute, war er ein Idiot.

Schritte näherten sich. Hendrik fühlte, wie ein fremder Mann sich über ihn beugte und anschließend neben ihm niederkniete.

„Irgendwie sieht die Wunde ihres Freundes komisch aus."

Hendrik versuchte ein wenig zu blinzeln. Wenn Werner jetzt nicht zuschlug, würde alles auffliegen. Zum Glück war sein Kumpan auch zu dieser Erkenntnis gelangt. Werner zog die Pistole und hielt sie in den Rücken des Sportwagenfahrers.

„Das ist ein Überfall. Geben Sie mir die Schlüssel für Ihren Wagen, dann geschieht Ihnen nichts."

Der Mann richtete sich ganz langsam auf.

Was jetzt passierte, war atemberaubend. Mit einer rasanten Wendung sprang der Mann in die Luft, schlug mit dem Fuß Werner die Pistole aus der Hand. Dieser ging mit einem Schmerzschrei zu Boden. Wahrscheinlich hatte er sich mindestens drei Knochen gebrochen.

Der Mann nahm die Pistole auf und richtete sie auf Hendrik.

„Schluss mit der Karnevalsverkleidung. Einen Meister des schwarzen Gürtels in Taekwondo überfällt man nicht so einfach."

Während der Mann mit seinem Handy die Polizei anrief, rappelt sich Hendrik langsam auf. Seine Zähne klapperten vor Kälte

„Darf ich mir eine Jacke aus dem Wagen holen?"

Der Sportwagenfahrer schüttelte mit dem Kopf.

„Strafe muss sein!"

Wie lange würde die Polizei brauchen, um von der Stadt hierher zu kommen -zehn, fünfzehn Minuten. Während Werner leise wimmerte, hoffte Hendrik vor Kälte schlotternd, dass die Zeit schnell verging.

Der Tote im Moor

```
Fall Nr.: 14
Tatort:
Marzahner Moor - Brandenburg
Dienstag, 17. April 8.27 Uhr bis 9.52 Uhr
```

Der orangefarbene Bagger spiegelte sich in der Morgensonne am Rande des Moorgebiets. Außer dem Krächzen einer Krähe herrschte eine merkwürdige Stille. Das gesamte Gebiet war mit dem gelbschwarzen Markierungsband abgesperrt. Die Kollegen von der Spurensicherung waren schon emsig mit ihrer Arbeit beschäftigt, als Kommissar Böcklin mit dem Dienstwagen auf das Gelände einbog. Vor rund neunzig Minuten war ein Anruf in seiner Dienstelle bei der Potsdamer Mordkommission eingegangen. Bei Ausschachtungsarbeiten für die neugeplante Siedlung direkt am Marzahner Moor hatte man eine Leiche gefunden. Eigentlich wollte Böcklin die sich auf seinem Schreibtisch stapelnden Akten endlich abarbeiten. Daraus wurde nun nichts. Also hinaus in die Natur! Normalerweise bevorzugte Böcklin die konkrete Arbeit vor Ort. Aber an diesem regnerischen Apriltag jagte man keinen Hund vor die Tür.

Die Nachricht von dem Toten im Moor musste sich in dem kleinen Ort wie ein Lauffeuer herumgesprochen haben. Jedenfalls starten Schaulustige - fast alle waren Männer, die bereits das Rentenalter überschritten hatten - auf den Tatort. Ohne jegliche äußere Regung sahen sie der Spurensicherung bei ihrer Tätigkeit zu.

Kommissar Böcklin stieg aus dem Wagen und versank sofort in dem morastigen Untergrund. Mühsam zog er sein Bein wieder heraus. Seine schwarzen Schuhe und die Hose waren mit einer gelblichen Schlammschicht überzogen.

„Schöne Scheiße!", fluchte er leise. „Alles nur wegen einer Moorleiche, die sicherlich seit 500 Jahren hier liegt."

Immer noch etwas angefressen ging Böcklin an den Alten vorbei und nickte ihnen zu.

„Morjen."

Sie verzogen keine Miene. Der Kommissar nahm es den Alteingesessenen nicht übel. Er kannte diesen Menschenschlag, da er selber vom Dorf kam. Die Brandenburger waren lieber unter sich und Leute aus der Stadt konnten sie schon gar nicht leiden.

Fast hatte er das Absperrband erreicht, da hörte er in seinem Rücken die knurrige Stimme eines Alten.

„Nun erwischt's den Fredo Hansen doch noch." Daraufhin ließ der Alte ein meckerndes Lachen ertönen. Die anderen Dorfbewohner stimmten mit ein.

Der Kommissar stutzte. Wieso brachte der Alte Fredo Hansen ins Spiel? Jeder hier im näheren Umkreis kannte den Bauunternehmer Hansen. Seit Monaten gab es nur ein Thema in der Lokalpresse: Die rabiaten Methoden, mit denen Hansen den Bauern ihre Weiden am Rande des Moors abpresste. Es gab viele Gerüchte. Sogar von Morddrohungen war da die Rede. Aber nachweisen konnte man ihm nichts.

Hansen braucht das Bauland für schmucke Einfamilienhäuser. In diese zogen dann wohlhabende Berliner, die die Schnauze von dem Gestank der Großstadt voll hatten.

Böcklin drehte sich zu den alten Männern um.

„Was ist mit Fredo Hansen?"

Die Alten musterten ihn eine Weile misstrauisch. Schließlich trat der, mit der meckernden Lache, einen halben Schritt nach vorne.

„Kalle Dunckhard hatte sich wochenlang jegen den Verkoof jesträubt. Auf einmal war er verschwunden. Nun gab es keine Probleme mehr. Der Bruder hat denn den Boden schnell verklopt."

„Ist eingeknickt, der Hurensohn." Ein weiterer Alter, dessen graue Fusseln nur spärlich die hohe Stirn bedeckten, spuckte aus.

„Aber Rolfi musste an seine junge Frau und an dit ungeborene Kind denken."

„Jo, jo!" Die anderen Alten nickten verständnisvoll.

„Trotzdem ist Rolfi ein Verräter!", beharrte der Kahlköpfige.

„Der Tote ist also Kalle Dunckhard?", hakte Böcklin nochmals nach. Zum zweiten Mal nickten die alten Männer gleichzeitig.

„Und Fredo Hansen hat ihn umgebracht!"

„Sieht janz danach aus."

„Übrigens da drüben steht der Rolfi." Der

Glatzkopf zeigte schräg über das Moorgelände. Tatsächlich stand da ein blasser, circa vierzigjähriger Mann, der nur mit einer grünen Strickjacke bekleidet war. Der Regen schien ihm nichts auszumachen. Seinen Arm hatte er um eine hochschwangere Frau gelegt.

„Vielen Dank für die Informationen."

„Jo, jo" wieder nickten die alten Männer gleichzeitig. Der Kommissar ließ sie stehen und ging auf das Pärchen zu.

„Sie sind der Bruder des Toten?"

Rolfi kämpfte sichtbar um Fassung. Schließlich rang er sich ein fast unhörbares „Ja" ab.

„Kommen Sie bitte mit. Sie müssen ihn identifizieren."

Ohne Widerspruch trotte Rolfi dem Kommissar hinterher. Mit etwas Abstand folgte ihm seine schwangere Frau. Sie hielt sich die Hand an den Bauch und achtete darauf, dass sie auf dem glitschigen Untergrund nicht ausrutschte.

Bis jetzt hatten die Kollegen der Spurensicherung nur den Oberkörper der Leiche freigelegt. Beine und Hüften steckten noch im morastigen Untergrund. Das Gesicht des Toten war mit Schlamm beschmiert und ähnelte einer dieser Zombies aus einer bekannten Horrorserie im Fernsehen. Trotzdem waren die Züge des Toten zu erkennen.

„Sieht übel aus." Mandy Stillhorn, die junge Kollegin von der Spurensicherung reichte dem Kommissar die Hand. Dabei raschelte ihr weißer

Plastikanzug aufdringlich. Böcklin nickte, dann wandte er sich an Rolf Dunkhard:

„Ist das ihr Bruder?"

Statt einer Antwort drehte sich Rolfi weg und übergab sich. Nachdem sich sein Magen wieder beruhigt hatte, wischte er sich den Mund ab. Dann fixierte er lange den Kommissar.

„Kriegen Sie den Hansen dran. Das Schwein muss hinter Gitter."

In dem Moment holperte ein fast nagelneuer Mercedes über den schlammigen Boden. Die Reifen versanken in dem morastigen Grund. Die Autotür flog auf und mit viel Elan schwang sich ein eleganter Herr aus dem Wagen.

„Scheiße!" Der Ausruf stand im absoluten Gegensatz zu dem smarten Aussehen des Mannes. Böcklin konnte sich nicht ein schadenfrohes Grinsen unterdrücken. Warum sollte es diesem Lackaffen anders ergehen, als ihm. Der Mann schaute auf seine Zweihunderteuroschuhe, die mit einer dicken Schlammschicht überzogen waren. Fluchend stapfte er in Richtung Tatort.

„Wer von Ihnen ist der Boss?"

Der Kommissar beschloss die Frage einfach zu ignorieren. Er wusste genau, wer gerade auf ihn zugestolpert kam. Hansen anscheinend auch. Denn er wandte sich ohne Umschweife an Böcklin.

„Wann sind Sie hier fertig. Verstehen Sie, Zeit ist für mich Geld. Die Ausschachtungsarbeiten müssen so schnell wie möglich weiter gehen..."

„Immer mit der Ruhe, Herr Hansen. Ich denke,

die Kollegen der Spurensicherung werden noch ein paar Stündchen brauchen."

Ungeduldig schob Hansen den Kommissar beiseite und trat dich an den Tatort heran. So, als ob er sich selbst ein Bild von der Arbeit der Polizei machen wollte.

„Und etwas schneller geht das nicht?"

„Nein! Aber da Sie ja schon einmal vor Ort sind, kann ich mir den Weg zu Ihnen sparen."

„Zu mir?" Der Baulöwe sah den Kommissar verwundert an.

„Sie kannten doch den Toten."

„Nein!" Die Antwort Hansens kam, wie aus der Pistole geschossen.

„Doch sie kannten ihn. Die Wiese auf der wir gerade stehen, gehörte den Toten."

Hansen sah verstohlen zu der Leiche.

„Nie gesehen!"

Mit einem Schrei stürzte sich Rolfi auf ihn, und packte ihn an dem teuren Anzug.

„Du Schwein. Das ist Kalle. Kalle Dunkhard - mein Bruder! Du kanntest ihn sehr wohl. Und ich weiß, dass du ihn umgebracht hast!"

„Lass mich los." Hansen befreite sich aus dem Griff des Verzweifelten.

„Warum sollte ich deinen Bruder umbringen? Ich hätte die Siedlung auch an einer anderen Stelle des Sees bauen können. Angebote gab es genug."

Rolfi sah den Bauunternehmer hasserfüllt an.

„Du lügst. Wer würde schon an so einen wie dich verkaufen?"

Plötzlich grinste Hansen.

„Na du natürlich. Wer stand den sechs Wochen, nachdem dein Bruder verschwunden war, vor meiner Tür?"

Die alten Männer näherten sich langsam. Keiner wollte etwas von der Auseinandersetzung verpassen. In dem Moment trat Mandy von der Spurensicherung an Kommissar Böcklin heran.

„Wir haben hier was gefunden." Sie reichte ihm ein Plastikbehältnis. In dem befanden sich grüne Wollfasern.

„Die waren unter den Fingernägeln des Toten. Sie stammen wahrscheinlich von einer Stickjacke. Der Tote muss sich im Todeskampf in die Jacke verkrallt haben."

Fast schlagartig blickten alle Anwesenden auf Rolfis grüne Strickjacke.

Böcklin bemerkte, wie der junge Mann noch blasser wurde.

„Die sind doch von ... von deiner Strickjacke. Hast du deinen eigenen Bruder ..."

Rolfi schwieg eine Unendlichkeit. Dann sah er zunächst zu seiner Frau, dann zu Hansen und zu den alten Männern. Schließlich senkte er den Kopf. Und mit einem Mal brach es aus ihm heraus.

„Verdammt, Kalle wollte einfach nicht diese blöde Wiese verkaufen. Obwohl er doch genau wusste, wie dringend wir das Geld brauchten. Ich arbeitslos und du schwanger! Aber er faselte immer nur davon, dass wir eine Verpflichtung gegenüber unseren Vorfahren haben. Dann habe ich ihn voller Wut gepackt und fest zugedrückt. Geschrien hab' ich, wie egoistisch er sei und dass er auch an das Kind, seinen Neffen denken muss. Irgendwann ist einfach zusammengesackt und hat sich nicht mehr gerührt."

„Sie haben ihn hierhergebracht und versenkt."

Rolfi biss sich auf die Lippe.

„Ich dachte, das Moor gibt seine Opfer nicht so schnell wieder her."

Böcklin legte dem Bruder des Opfers die Handschellen an. Schweigend verließen die Alten den Tatort.

Besuch vom Enkel

Fall Nr.: 15
Tatort:
Schwerin
Montag, 29. Mai 14.33 Uhr bis 15.55 Uhr

Marco warf einen Blick in das Schaufenster der kleinen Boutique. Durch die Spiegelung im Fensterglas konnte er sein Outfit überprüfen. Er war mit dem Ergebnis seiner „Verkleidung" durchaus zufrieden: grauer Anzug, weißes Hemd, Schlips, eine etwas altmodische Brille und ein großer Strauß bunter Blumen. Kurz und gut, er entsprach absolut dem Idealbild eines perfekten Enkelsohns.

Er schaute sich um. Weit und breit war an diesem herrlichen Frühlingstag keine Menschenseele zu sehen. Wer nicht an diesem Montagnachmittag arbeiten musste, genoss die ersten richtig warmen Sonnenstrahlen am Schweriner See. Die Aussicht seinen Plan möglichst unauffällig zu verwirklichen, stand also gut. Schnurstracks überquerte er die Straße und steuerte das gegenüberliegende Einfamilienhaus an.

Dingdong! Die Klingel hatte einen altmodischen Ton. Kein Wunder - die Hausbesitzerin war bereits einige Jahre über die Achtzig. Angespannt lauschte Marko an der Tür. Zunächst schien sich im Haus nichts zu rühren. Sollte die Alte ihn vergessen haben? Er hatte sich doch extra telefonisch angemeldet. Endlich vernahm Marco ein schlürfendes Geräusch. Die Kette vor der Haustür wurde zurückgeschoben. Durch den geöffneten Spalt blickte ihn ein silbergrauer Lockenkopf mit erstaunlich strahlend blauen Augen neugierig an. Marco streckte ihr sogleich den Blumenstrauß entgegen. Für einen Moment zögerte die alte Dame. Sofort zog Marco sie an seine Brust und umarmte sie herzlich.

„Oma, erkennst du mich nicht mehr?"

Sie musterte ihn von oben bis unten.

„Du hast dich sehr verändert, Kai."

Jetzt war er an dem alles entscheidenden Punkt angelangt. Ein falsches Wort und die alte Dame schlug ihm die Türe vor der Nase zu. Zwei Wochen intensiver Recherchearbeit waren dann umsonst. Dabei hatte er so viele vielversprechende Informationen gesammelt. Frau Berger, so hieß die alte Dame, war seit einigen Jahren Witwe. Sie galt als wohlhabend und schon etwas zerstreut. Eine leichte Demenz konnte bei der Umsetzung seines Plans von Vorteil sein. Der eigentliche Grund warum Marco sie als Opfer ausgesucht hatte, war jedoch der: Ihre Tochter und ihr Enkelsohn Kai hatten sie schon seit Jahren nicht mehr besucht. Angeblich war die Witwe mit dem losen Lebenswandel ihrer Tochter nicht einverstanden. Marco liebte schwatzhafte Nachbarinnen! Er war sich sicher, wenn ihm jetzt kein leichtfertiger Fehler unterlaufen würde, hatte er ein müheloses Spiel.

„Oma, es ist so schön, dich endlich wieder in den Armen zu halten." Marco betrachte die alte

Frau mit einem liebvollen Lächeln. „Wir haben uns ja eine Ewigkeit nicht mehr gesehen. Damals war ich fast noch ein Kind. Lässt du mich herein?" Ohne eine Antwort abzuwarten, huschte Marco ins Haus. Sofort registrierte er die Einrichtungsgegenstände in der Diele. Ein Biedermeierschränkchen und ein Ölgemälde verrieten nicht nur Geschmack, sondern auch ein gut gefülltes Bankkonto.

„Im Wohnzimmer ist bereits der Kaffeetisch gedeckt. Nimm schon Platz. Ich komme gleich!"

Marco kam ins Schwitzen. Auf dem langgestreckten Flur befanden sich zwei verschlossene Zimmer. Wenn er jetzt die falsche Tür öffnete, würde er sich verraten. Bevor Frau Berger in der Küche verschwand, blickte sie sich noch einmal um.

„Worauf wartest du? Früher warst du doch auch nicht so schüchtern."

„Geht klar, Oma." Todesmutig drückte Marco einer der Klinken herunter. Es fiel ihm ein Stein vom Herzen, als er das Wohnzimmer mit dem bereits gedeckten Kaffeetisch sah.

Während er die alte Frau in der Küche herumwerkeln hörte, begann er sofort die Lage zu sondieren. Sein Blick wanderte über den gedeckten Tisch, den Bücherschrank, die Standuhr bis hin zu dem alten Schreibtisch, welcher direkt unter dem Fenster stand. Aus Erfahrungen wusste er, dass alte Leute ihr Geld und ihren Schmuck entweder in einem Schreibsekretär oder im Kleiderschrank im

Schlafzimmer aufbewahrten. Also galt es zunächst den Schreibtisch zu untersuchen. Falls er dort nichts fand, musste er sich überlegen, wie er unauffällig in das Schlafzimmer kam. Marco strich mit dem Finger über das Holz der Schreibtischplatte. Er versuchte möglichst dezent einer der Schublade zu öffnen. Wenn sie hier ihre Kohle versteckt hielt, konnte er sich die lästige Konversation mit der Alten ersparen.

In dem Moment betrat Frau Berger mit einer Kaffeekanne das Zimmer. Blitzschnell schob Marco die Lade wieder zu und drehte sich zu ihr herum.

„Du hast immer noch die schönen antiken Möbel."

„Ich hänge halt an den Erbstücken von Tante Trude."

„Ja ihr Tod war ein schwerer Schlag für dich."

Frau Berger sah Marco leicht spöttisch an.

„Nach über vierzig Jahren lässt die Trauer erfahrungsgemäß ein wenig nach. Aber setz dich doch mein Junge!"

Für einen Augenblick war Marco unsicher, ob die alte Dame ihn durchschaute. So folgte er schnell ihrer Aufforderung. Sie schenkte ihm eine Tasse Kaffee ein und schob ein Stück Erdbeertorte auf den Teller.

„Du hast als Kind schon immer meine Erdbeertorte geliebt."

Marco griff seine Kuchengabel und führte sich ein großes Stück in den Mund. Die frischen Erdbeeren ließen seine Geschmacksknospen förmlich explodieren.

„Oma, deine Torte ist himmlisch!", schwärmte Marco mit übervollem Mund. Frau Berger lächelte.

„Du sagtest ja bereits am Telefon, dass du etwas knapp bei Kasse bist."

Vor Überraschung blieb Marco die Torte fast im Hals stecken. Er hatte nicht damit gerechnet, dass die alte Dame gleich mit der Tür ins Haus fiel.

„Nun, du weißt ja Oma, so ein Studium kostet 'ne ganze Menge. Außerdem habe ich eine lange Anfahrtszeit zu der Uni. Ich brauche dringen ein Auto, sonst verplempere ich zu viel Zeit." Marco strahlte die alte Dame mit einer entwaffnenden Offenheit an.

Frau Berger überlegt einen Moment, dann streckt sie ihm die Hand entgegen.

„Einverstanden! Ich werde doch mein Enkelkind nicht hängen lassen!"

Marco sprang auf, rannte auf die alte Dame zu und gab ihr einen Kuss auf die Wange.

„Du bist die beste Großmutter auf der Welt! Gehen wir gleich zu deiner Bank?"

Frau Berger grinste Marco verschmitzt an.

„Wer traut heute noch den Banken? Ich habe mein Geld im Keller versteckt, in verstaubten Marmeladegläsern." Dabei warf sie ihm einen verschwörerischen Blick zu.

„Du bist ein Fuchs! Hinter das Versteck kommt

keiner." Er drohte ihr schelmisch mit dem Zeigefinger.

„Na denn, lass es uns gleich hochholen."

Marco konnte seine Freud kaum unterdrücken. So einfach hätte er sich das Ganze nicht vorgestellt. Er folgte der alten Frau in den Flur. Frau Berger drückte ihm eine Taschenlampe in die Hand.

„Seit einiger Zeit ist das Licht im Keller kaputt."

Sie schloss die Kellertüre auf. Muffiger Geruch stieg Marco entgegen. Eine steile Treppe führte in die Dunkelheit.

„Wo sind die Marmeladengläser?"

„Im hinteren Teil. Beug dich etwas nach vorne, dann müsstest du mit der Taschenlampe das Regal sehen können."

Marco schaltete die Taschenlampe an und versuchte in die angegebene Richtung zu leuchten. Mit einem Mal überstürzten sich die Ereignisse. Er fühlte, wie die alte Dame ihm einen Schubs versetzt. Marco verlor das Gleichgewicht. Er suchte Halt am Geländer, doch irgendetwas Schmieriges hatte die alte Hexe über die Treppenstufen gegossen. Es riss ihm die Beine weg und er stürzte die Stufen herab.

Noch ganz benommen vernahm er die Stimme der alten Frau.

„Ich bin zwar alt, aber nicht blöd! Meinst du etwa, ich hätte noch nie von dem Enkeltrick gehört. Übrigens Kai, ist der Name meiner Enkeltochter. Ich habe gar kein Enkelsohn. So, und nun rufe ich die Polizei!"

Frau Berger schloss die Kellertür ab und Marco saß in der Falle.

Ein falscher Kunde

Fall Nr.: 16
Tatort:
Berlin - Prenzlauer Berg
Donnerstag 22. Juli 18.35 Uhr bis 19.12 Uhr

In dem Moment als der U-Bahn-Zug über ihre Köpfe ratterte, wechselte der Stoff seinen Besitzer.

„Man sieht sich!"

Der heruntergekommene Junkie suchte schnell das Weite. Tom zählt noch einmal die Geldscheine, ehe er sie in der Jackentasche verschwinden ließ. Mit dem bisherigen Verlauf des heutigen Tages war er ziemlich zufrieden. Vielleicht war ja endlich seine verdammte Pechsträhne vorbei!

Boris hatte ihn in den letzten Tagen immer wieder die Pistole auf die Brust gesetzt.

„Entweder du bringst den Stoff an den Mann oder du bist raus aus dem Geschäft. Aber denk daran, du schuldest mir noch zehn Riesen!"

Als ob das Tom je vergessen würde, so oft, wie ihm Boris das unter die Nase rieb.

„Ich geb' ja mein Bestes, aber an der Schönhauser ... Die Gegend ist inzwischen zu spießig. Nur lauter Muttis mit kleenen Kindern. Wenn ich am Görli oder am Cotti verkoofen könnte, seh's viel günstiger aus."

„Bei dir piept's wohl. Ich lege mich doch nicht mit den Arabern an. Da kann ich mir ja gleich einen Platz im Leichenschauhaus reservieren und für dich gleich mit."

„Wenn ich wenigstens den Stoff an der Warschauer Straße verticken könnte, da sind die Clubs mit den vergnügungssüchtigen Touris", druckste Tom herum.

„Träum weiter. Dort ist es kein Deut besser!"

„Aber ..."

„Jetzt reicht's mit dem Gejammer!" Boris bekam einen hochroten Kopf. Anscheinend war er wirklich sauer. „Ich hab' früher selber an der Schönhauser gedealt und immer gute Geschäfte gemacht. Also komm mal bisschen aus der Hüfte. Ich will endlich anständige Umsätze sehen. Ansonsten ... Du weißt, was dir blüht."

In Sekundenschnelle hatte Boris seine Knarre herausgerissen und richtete sie gegen Toms Schläfe.

„Peng!"

Boris blies theatralisch den imaginären Rauch von der Pistole weg. Denn natürlich hatte er nicht geschossen. Sein dreckiges Lachen hallte jedoch nach wie vor in Toms Ohren wider.

Tom wusste sehr wohl, dass die Warnung ernst gemeint war. Bei geschäftlichen Dingen war Boris absolut humorlos. Heute musste er noch mindestens einen guten Kunden finden, um seinen Boss zufrieden zu stellen.

Er trat aus dem Schatten der U-Bahn-Brücken hervor und hielt Ausschau nach potentiellen Kunden. Es war wirklich verhext. Überall waren nur diese jungen Mütter mit Kinderwägen, nur ab und an ein paar Anzugträger, die eilig mit ihren Aktentaschen zu ihrem nächsten Meeting eilten. Da fiel sein Blick auf einen jungen Typen, der ihn schon vorhin aufgefallen war. Er schien Tom schon eine Weile zu beobachten. Vielleicht ein Bulle in Zivil?

Eher nicht. Tom hatte einen guten Riecher. Der schlaksige Kerl sah nach einem Studenten aus. Er kannte diese Art von Intellektuellen. Mindestens eine Viertelstunde umkreisten sie einen, ehe sie sich trauten einen anzusprechen.

Tom ergriff kurzerhand die Initiative.

„Brauchst du Stoff?"

Fast unmerklich nickte der Angesprochene.

„Komm mit."

Der Typ sah sich kurz um, dann folgte er Tom in eine geschützte Ecke.

„Willste Gras, Koks oder Crystal Meth?"

Tom kramte aus seiner Umhängetasche die verschiedenen Päckchen hervor. Der junge Mann betrachte eine Weile das Angebot. Zunächst griff er nach dem Gras.

„Sehr gute Qualität. Du wirst wirklich ein paar fröhliche Stunden mit dem Zeug haben." Doch Toms Kunde gab ihm wieder das Päckchen zurück. Die Entscheidung fiel ihm sichtlich schwer. Tom musste ihm ein paar wohlgemeinte Hilfestellungen geben.

„Ach so, du magst es lieber etwas härter. Crystal oder Koks? Das ist so 'ne Mentalitätsfrage. Die einen mögen dieses, die anderen jenes. Aber beide sind von echt guter Quali. Das Crystal beziehen wir direkt aus 'nem Labor in Tschechien."

Immer noch zögerte der Student.

„Kommste nun endlich mal in die Pötte! Ich hab nicht ewig Zeit!" Die Sache wurde Tom zu bunt. In gut einer Stunde musste er die Tageseinnahmen bei Boris abrechnen und er war noch immer unterm Soll.

Der Student grinste Tom schief an. Dann trat er ziemlich dicht an ihn heran und griff ganz langsam in die Innentasche seiner Jacke. Er schien etwas hervorzuziehen.

„Das Spiel ist aus" flüsterte er. Tom sah ihn verdattert an. Es brauchte einen Moment bis bei ihm der Groschen fiel: Verdammt – es ist doch ein Bulle in Zivil! Warum war er nicht vorsichtiger gewesen. Das lag alles nur daran, weil Boris ihn ständig unter Druck setzte.

Schnell stopfte Tom den Stoff zurück in die Tasche und schubste den jungen Mann beiseite. Es gab nur einen Weg. Er musste rüber in die *Arcaden*. In dem Einkaufszentrum konnte er ohne größere Probleme untertauchen. Zu dieser Uhrzeit war das Center immer gut besucht.

Tom sprang über ein Absperrgitter, rauf auf die Schönhauser und schlängelte sich durch den Autoverkehr auf die gegenüberliegende Straßenseite. Bremsen quietschten.

„Idiot, kannste nicht aufpassen!"

Tom hatte keine Zeit sich um die fluchenden Autofahrer zu kümmern. Er musste in die *Mall*, ehe der verdeckte Ermittler seine Kollegen benachrichtigte.

Er drängelte zwischen den schwerbepackten Hausfrauen hindurch. Tom nahm den Eingang neben der Drehtür, denn letztere hielt einen nur unnötig auf. Beim Hineindrängen warf er einen Blick hinter sich. Nein von dem Typen war keine Spur zu sehen. Aber da musste nichts weiter bedeuten. Sicherlich traf er sich mit einem Kollegen und gemeinsam durchkämmten sie jetzt das gesamte Gebäude.

Verflucht! Tom sah von der anderen Seite der Passage zwei Polizisten zügig entgegenkommen. Am besten er wandte eine Verwirrungsstrategie an.

Tom eilte die Treppe hoch, die nächste wieder runter, quer durch einen Parfümladen, um die Ecke gebogen, eine weitere Treppe hoch ...

In der zweiten Etage kam er endlich zum Verschnaufen. Weder von dem verdeckten Ermittler noch von den anderen beiden Polizisten war eine Spur zu sehen. Aber noch konnte Tom nicht durchatmen. Die *Schönhauser-Allee-Arcaden* hatte drei Ausgänge. Mit etwas Verstärkung vom Wachdienst des Hauses ließen sich diese in kürzester Zeit problemlos abriegeln. Wenn sie dann Taschenkontrolle durchführten, hatten sie ihn am Arsch. Würden sie den Stoff und das Geld bei ihm finden, ging er ab in den Knast.

Den Stoff konnte er notfalls in der Toilette runterspülen, aber der Zaster?

Fast unwillkürlich fuhr er mit der Hand in seine Jackentasche. Im ersten Moment konnte Tom es nicht glauben. Das Geld war verschwunden!

Tom ließ sich auf eine Bank fallen. Er brauchte ein paar Sekunden, ehe er verstand, was passiert war. Sein erster Eindruck hatte ihn nicht getäuscht. Der junge Typ war kein Bulle, sondern nur ein Taschendieb, der ihn mächtig gelinkt hatte!

Toms nächster Gedanke galt Boris. Mit einem Mal überkam Tom ein eisiges Frösteln.

Thüringer Klöße

Fall Nr.: 17
Tatort:
Meiningen – Südthüringen
Sonntag 17. März 11.42 Uhr bis 12. 27 Uhr

Ein unwiderstehlicher Duft von Schweinebraten und Rotkraut lag in der Luft. Karina schwenkte die Semmelbrösel für die Klöße in der Pfanne, hackte frische Kräuter und hantierte mit den verschiedenartigsten Gewürzen. Heute musste das Gericht besonders gut gelingen.

Sie wischte sich den Schweiß von der Stirn. Verstohlen warf Karina einen Blick über die Schulter. Obwohl sie wusste, dass außer der dicken Bulldogge Murphy sich niemand weiter im Haus befand, wollte sie sichergehen.

Natürlich war sie allein. Jetzt erst kramte sie aus ihrer Küchenschürze ein silbernes Döschen hervor. Karina nahm den Deckel ab und betrachtete das weiße Pulver. Für einen Wimpernschlag regte sich ihr Gewissen. Sollte sie wirklich diesen endgültigen Schritt tun? Jedoch allein der Gedanke daran, was er ihr angetan hatte, verschaffte ihr Gewissheit: Ja, er hatte es nicht anders verdient!

Karina schüttet das Gift in die Schüssel mit der Kloßmasse. Das kleine Behältnis warf sie in den Mülleimer. Sie durfte nicht vergessen den Eimer zu leeren, bevor sie die Polizei anrief. Zwar würden die Kriminalbeamten bestimmt keinen Verdacht schöpfen, denn vor ein paar Jahren hatte

Bernd schon einmal einen Herzinfarkt. Aber sie wollte kein Risiko eingehen.

Das weiße Pulver lag gut verteilt auf der Kloßmasse. Karina fuhr mit den Händen in den klebrigen Brei und walkte den Teig kräftig durch. Zu ihren Füßen saß Murphy und blickte sein Frauchen mit treuen Hundeaugen an.

„Du bist der Einzige, auf den ich mich verlassen kann."

Wie zur Bestätigung fing Murphy leise an zu jaulen. Im Grunde ihres Herzens wusste Karina, dass der Hund nur verrückt nach ihren Klößen war. Aber warum sollte sie sich nicht dieser kleinen Illusion hingeben.

Das Geräusch des Schlüssels in der Haustür riss sie aus ihren Gedanken. Sie warf einen kurzen Blick zur Küchenuhr. Bernd war pünktlich, wie immer. Noch hatte er einen Wohnungsschlüssel.

„Hallo mein Schatz, da bin ich." Seine Stimme klang ölig, wie ranziger Lebertran.

„Ich bin nicht mehr Dein Schatz", zischte sie bissig.

Bernd überhörte geflissentlich ihr Bemerkung. Stattdessen lehnte er sich mit breitem Alligatorlächeln an den Türrahmen. Das strahlende Weiß seiner Zähne blendete sie geradezu. Das Bleaching musste ein Vermögen gekostet haben. Wahrscheinlich war es Teil der Rundumerneuerung durch einen Schönheitschirurgen - Haare gefärbt, Fett abgesaugt und Botox gegen die Falten. Bernd hoffte wohl, den unaufhaltsamen Alterungsprozess

Einhalt zu gebieten. Alles nur wegen dieser Schlampe!

Karina fuhr mit den Händen wieder in den Teig. Ihre ganze Wut reagierte sie beim Kneten ab. Die klebrige Masse glitt durch ihre Finger. Sie formte daraus Klöße, die einem Vier-Sterne-Restaurant zur Ehre gereicht hätten. Nur ihre Zutat war besonders speziell.

Karina spürte, wie Bernd jeden Handgriff ihrer Tätigkeit beobachtete. Früher hatte sie das sehr erregt, wenn er sie heimlich beim Kochen betrachtete und sie dabei förmlich mit den Augen auszog. Aber die Zeiten waren endgültig vorbei.

„Geh schon mal ins Wohnzimmer. Das Essen ist in wenigen Minuten fertig", fuhr sie ihn barsch an. Im Gegensatz zu seiner sonstigen Gewohnheit folgte ihr Ex-Mann ihrer Anweisung.

Das Wort „Ex-Mann" erzeugte bei Karina immer noch ein Gefühl von Bitterkeit. Vor vier Wochen hatte Bernd ihr eröffnet, dass er mit einer zwanzig Jahre jüngeren Frau ein neues Leben beginnen will.

Fast ein Vierteljahrhundert waren sie verheiratet. Kinder großgezogen, Höhen und Tiefen überstanden und nun wollte er einen „Neuanfang".

Ja - Neuanfang! Aber nicht für ihn, sondern für mich!

Wütend schmiss Karina den letzten Kloß in das kochende Wasser.

Murphy blickte sie erwartungsfroh an. Sie musste lächeln und gab ihm einen Kuss auf seine plattgedrückte Nase.

„Beim nächsten Mal bekommst du wieder deinen Kloß."

Bernd hatte sich selber eingeladen. Er wollte noch einmal mit ihr über alles reden. Wahrscheinlich hatte er Angst davor, dass eine Scheidung für ihn sehr teuer wird. Aber Karina hatte sowieso ganz andere Pläne.

Natürlich hatte er den Sonntagmittag als Termin vorgeschlagen. Wie Bernd sich ausdrückte, sollten sie doch das Angenehme mit dem Nützlichen verbinden. Die Frage war nur, für wen es angenehm und nützlich war.

Karina kannte die Antwort. Für einen echten Meininger war ein Sonntag ohne Thüringer Klöße undenkbar! In der Gegend gab es die Sage, dass Frau Holle mit den Worten „Hüt es!", dem Bürgermeister der Stadt das Rezept für die Klöße überreicht hatte. Karina war sich sicher, dass sie eine direkte Nachfahrerin des Beschenkten war. Jedenfalls waren ihre Klöße phänomenal und ihr Ex-Mann war verrückt nach Ihnen. Bernds Neue stammte aus dem Ruhrgebiet und nahm wahrscheinlich Kloßmehl aus der Tüte!

Karina trug die dampfenden Schüsseln ins Wohnzimmer.

Geradezu zärtlich teilte Bernd einen Kloß, goss braune Soße drüber und drapierte Schweinebraten und Rotkraut kunstvoll drum herum. Karina schluckte. Da waren sie wieder, die Gewissensbisse. Noch gab es die Chance ihm den Teller wegzureißen.

Doch dann setzte sie sich wortlos ihm gegenüber. Bernd blickte verwundert seine Ex-Frau an.

„Du isst heute nichts?"

„Ich habe mir den Magen verdorben."

„Das tut mir leid." Er spießte ein Stück Kloß mit der Gabel auf, tunkte diesen in die Sauce und führte langsam die Köstlichkeit zum Mund. Karina folgte gespannt jeder seiner Bewegungen. Sollte sie doch ...

„Bernd ..."

Ihr Ex-Mann hielt inne und legte die Gabel wieder auf den Tellerrand zurück.

„Schatz, wir sind erwachsene Menschen. Lass uns ein Arrangement treffen. Mir schwebt so etwas vor ... In der Woche bin ich bei Sybille und am Wochenende bei dir."

Fassungslos blieb Karina der Mund offenstehen. Sie brauchte ein paar Sekunden, um ihn die passende Antwort an den Kopf zu knallen.

„Das könnte dir so passen. In der Woche vögelst du deine Geliebte und am Sonntag soll ich dich mit Klößen verwöhnen. Niemals!"

Sie stürmt aus dem Zimmer.

„Karina, bitte!"

„Halt die Klappe! Du wirst schon sehen, was du davon hast!"

Tränen der Wut schossen in ihre Augen. Schnell schloss sie sich im Badezimmer ein. Sie wollte vor Bernd keine Schwäche zeigen.

Zitternd klammerte sich Karina ans Waschbecken. Der Blick in den Spiegel zeigte ihr, wie mitgenommen sie aussah. Erst die Vorstellung wie Bernd den vergifteten Kloß hinunterschlang, ließ sie wieder ruhiger werden. Ja das Gift wird sich in seine Gedärme hineinfressen. Er wird sich vor Schmerz krümmen und schließlich elendig verrecken. Sie unterdrückte im letzten Moment ein triumphierendes Lachen.

Plötzlich hörte sie einen dumpfen Knall. Karina hielt die Luft an. Hatte das Gift bereits gewirkt und Bernd lag tot am Boden? Aber irgendwie erinnerte sie das Geräusch eher an das Zuschlagen einer Tür.

Sie stürmte aus dem Badezimmer. Auf der Schwelle zur Wohnstube blieb sie erstarrt stehen. Ihr Ex-Mann war verschwunden. Nur ein Zettel lag auf ihrem leeren Teller.

„Mit dir kann man nicht mehr reden! Du willst Krieg? Den sollst du bekommen! Deine Klöße können mir gestohlen bleiben! Ich habe Murphy alles gegeben!"

Panisch suchte Karina nach ihrem Hund. Die Bulldogge saß unterm Tisch und leckte gerade die letzten Krümel vom Teller.

„Murphy! Nein! Wir müssen sofort zum Tierarzt."

Der Hund blickte erstaunt sein Frauchen an, dann verdrehte er die Augen und fiel zur Seite. Karina packte ihren Liebling und eilte zur Wohnungstür. Aber es war bereits zu spät.

Tante Mias Erbe

Fall Nr.: 18
Tatort:
Landkreis Mecklenburgische Seenplatte
Freitag 3. Januar 0.12 Uhr bis 0.44 Uhr

Jörn öffnete die Fahrertür seines Wagens. Eisige Kälte schlug ihm entgegen. Gespannt hörte er in die Nacht hinein. Nur das Heulen eines Hundes war irgendwo in der Ferne zu vernehmen. Zum Glück befand sich der Hof seiner verstorbenen Tante abseits an einer Waldlichtung. Das benachbarte Gehöft lag ungefähr zehn Minuten entfernt und bis nach Neustrelitz, der nächst größeren Kleinstadt, brauchte man mit dem Auto rund zwanzig Minuten. Die Gefahr, dass um diese Zeit hier jemand vorbeikam, war also äußerst gering.

Jörn schwang sich aus dem Sitz, ging um den Wagen und öffnete den Kofferraum. Mit Mühe zerrte er einen mächtigen Kanister heraus. Dieser war mir dreißig Liter Benzin gefüllt und hatte ein dementsprechend beträchtliches Gewicht. Aber zwanzig wären einfach zu wenig gewesen, um seinen Plan zu vollenden.

Der Hof seiner Tante war vom Schnee wundersam überzuckert. Hier aus der Ferne wirkte das Gebäude fast romantisch. Doch wenn man sich ihm nur ein paar Schritte näherte, sah man das gesamte Dilemma: zerbrochene Fensterscheiben, windschiefe Türen und morsche Balken. Eine einzige Schrottimmobilie!

Jörn schlug voller Wut auf das Dach seines Autos. Alle hatten sie ihn betrogen, seine Tante, seine Mutter und wer weiß nicht noch wer.

Er erinnerte sich noch ganz genau an das letzte Gespräch mit seiner Mutter im Krankenhaus. Ihre dünnen Ärmchen hingen an einem Tropf. Ihre Wangen waren eingefallen. Die einst so lebensfrohe Frau war total abgemagert. Nur ihre Stimme hatte noch diesen herrischen Tonfall, vor dem er sich als Kind immer gefürchtet hatte.

„Bild dir bloß nicht ein, dass du von mir irgendwas erbst. Dein Vater, der alte Suffkopp, hat alles verprasst."

„Mama, red' nicht so. Du kommst schon wieder auf die Beine." Dabei strich er über die faltigen Hände. Unwirsch schob sie ihn beiseite.

„Spar dir dein Gesülze. Ich weiß genau, wie es um mich steht." Mit einem Mal packte sie seine Hand und zog ihn dicht zu sich herunter.

„Kümmere Dich um Tante Mia. Bei der gibt's wirklich was zu holen", flüsterte sie mit heiserer Stimme. „Ich sage dir, die hat Millionen auf der Bank."

„Tante Mia? Die leistet sich nicht mal 'ne anständige Strickjacke." Jörn blickte erstaunt seine Mutter an.

„Ja, weil sie eine geizige Alte ist. Aber gerade deswegen stapelt sich das Geld auf ihrem Konto. Sie hat keine Kinder, und wenn du es nur ein bisschen geschickt anstellst, wird sie dich als Alleinerben einsetzen."

Drei Tage später starb seine Mutter. Auf ihrer Beerdigung traf Jörn Tante Mia.

Er beschloss den Rat seiner Mutter zu befolgen. Dreimal die Woche besuchte er Tante Mia im Altersheim, brachte ihr Näschereien und Blumen und las ihr den neusten Klatsch aus der Zeitung vor. Wenn er ehrlich war, hatte sich Jörn um die eigene Mutter nie so viel gekümmert. Aber mit dem Ziel vor den Augen, dachte er genauso pragmatische wie die Alte. Außerdem hatte er schon seit Kindheitstagen eine Schwäche für Tante Mia. Schließlich wurde er immer bei ihr aufgenommen, wenn sich seine Eltern mal wieder in den Haaren lagen.

So kümmerte sich Jörn nach besten Kräften um das Wohl der alten Dame. Eines Tages war es dann so weit. Tante Mia beugte sie sich zu Jörn herüber und sprach mit krächzender Stimme:

„Du bist ein guter Junge. Wenn meine Zeit gekommen ist, werde ich mich bei Dir revanchieren."

In dem Moment glaubte sich Jörn am Ziel seiner Wünsche. Aber wie hatte er sich getäuscht!

Jörn stapfte durch den Schnee in Richtung Hof. Der schwere Benzinkanister trieb ihn trotz der klirrenden Kälte den Schweiß auf die Stirn. Nur mühsam kam er durch die hohen Schneewehen vorwärts. Immer wieder rutschte er aus. Mehr als einmal fing er sich erst im letzten Augenblick ab, ehe er samt dem Kanister der Länge nach hingeflogen wäre. Endlich hatte er der Hofeingang erreicht. Jörn stellte den Kanister ab und blickte über das ganze Gelände. Ein bitteres Lächeln huschte über sein Gesicht. Das war nun das erhoffte Erbe – ein verfallener Hof. Allein der Abriss würde in die Tausende gehen. Und Tante Mias Konto? Genau zweihundertdreizehn Euro und siebenzwanzig Cent!

Als letzter Rettungsanker entpuppte sich eine Versicherungspolice: Bei einem Brandschaden des Hofs erhielt der Besitzer ein paar tausend Euro. Als Jörn diese Unterlagen entdeckte, war ihm klar: Ich muss das Gebäude abfackeln!

Aus dem Briefkasten ragte ein dicker Umschlag. Verwundert zog Jörn ihn heraus.

„Für meinen Lieblingsneffen."

Sollte Tante Mia ihm doch noch etwas hinterlassen haben? Er riss das Kuvert auf. Es war nur ein altes Kinderbuch: Kasperle auf Reisen. Ihn überkam ein kurzer Moment der Rührung. Er hat es geliebt, wenn ihm früher Tante Mia daraus eine Geschichte zum Einschlafen vorgelesen hatte. Doch alsbald gewann die Wut wieder Oberhand. Meinte die Alte etwa, mit einem ollen Kinderbuch könnte sie alles gut machen. Niemals!

Jörn legte das Buch auf der Treppe und begab sich schnurstracks in den Schuppen. Er schaltete das Licht an. Der Raum war bis zur Decke mit Gerümpel vollgestopft. Jörn schraubte den Deckel des Kanisters auf und verteilte das Benzin in der gesamten Kammer. Ein betäubender Geruch breitete sich aus. Dann ging er zum Stromverteilungskasten, öffnete ihn und führt vorsichtig zwei marode Stromkabel zusammen. Das Ganze sollte nach einem Kurzschluss aussehen. Ein Blitz sauste um den Kasten und Jörn sprang mit einem Satz zurück. Mit einem Schlag stand er im Dunkeln. Langsam schlich er rückwärts zur Tür und holte ein Päckchen Streichhölzer heraus.

Ratsch - ein bläuliches Flämmchen wuchs in seiner Hand. Jörn warf das brennende Streichholz zu Boden. Im Nu entzündet sich das Benzin und die Flamme fraß sich durch den Raum.

Jörn schloss die Tür und lief durch den hohen Schnee in Richtung seines Wagens. An der Hoftür blieb er stehen und schaute sich noch einmal um. Die Flammen schlugen bereits aus dem Schuppen und griffen auf das eigentliche Wohnhaus über. Zufrieden betrachte Jörn das beeindruckende Schauspiel der tanzenden Funken. Er wollte schon weiter zu seinem Auto gehen, da fiel sein Blick auf das Kinderbuch. Einen Augenblick zögerte Jörn, aber dann nahm er das Buch in die Hand.

Erst jetzt bemerkt er, dass zwischen den Seiten noch ein Blatt Papier hervorlugte. Neugierig faltet Jörn den Zettel auseinander.

„Lieber Jörn,

ich habe Frau Meier gebeten den Umschlag in den Briefkasten zu legen, so dass Du ihn finden wirst, wenn ich nicht mehr bin. Deine aufopferungsvolle Hilfe hat mir sehr gutgetan. Ich möchte Dir heute dafür Dank sagen. Zu den Banken hatte ich nie viel Vertrauen. Deshalb befindet sich mein gesamtes Vermögen in dem alten Schrank auf dem Dachboden. Es dürften so um die zwei Millionen sein. Dann kannst Du die Renovierungskosten bezahlen und hast immer noch ein auskömmliches Leben.

In Liebe Deine Tante Mia."

Langsam ließ Jörn den Brief sinken. Fassungslos sah er hinüber auf das Gehöft seiner Tante. Die Flammen hatten bereits den Dachstuhl erreicht.

Begegnung mit einem alten König

Fall Nr.: 19
Tatort:
Potsdam-Schloss Sanssouci
Dienstag 17.März 10.12 Uhr bis 11.05 Uhr

Kommissar Knulp kniff die Augen zusammen und schaute in die Ferne. Von hier oben hatte man eine wunderschöne Aussicht auf die brandenburgische Landeshauptstadt mit seinen vielen Parkanlagen und den historischen Gebäuden. Kein Wunder, dass ausgerechnet hier der alte König sein Lustschloss erbauen ließ. Sanssouci - Ohne Sorgen. Allerdings konnte jetzt davon keine Rede sein. Mit einem Seufzer wandte sich Knulp der alltäglichen Arbeit zu. Zu seinen Füßen lag der Leichnam des Königs. An der blutverschmierten Platzwunde am Kopf erkannte der Kommissar, dass dieser mit einem stumpfen Gegenstand erschlagen wurde. Genauere Details würden die Untersuchungen der Gerichtsmedizin ergeben.

„Eigenartig, wirklich eigenartig." Der Kommissar schüttelte den Kopf. Natürlich lag hier nicht der echte „Alte Fritz", sondern ein junger Mann, der sich als der berühmte Preußenkönig verkleidet hatte. Der richtige König starb bekannterweise friedlich in seinem Lehnstuhl. Warum trug aber das Opfer diese seltsame Verkleidung und hatte diese etwas mit dem Mord zu tun?

Knulp wollte sich gerade neben den Toten niederknien, da bemerkte wie zwei Personen den kleinen Anstieg vom Eingangstor des Parks heraufstürmten.

„Der hat mir noch gefehlt!", brummte Knulp. Er hatte sofort die in der Sonne blitzende Glatze erkannt. Der Kommissar verdrehte die Augen. Es gab nichts Schlimmeres, als wenn sich der Chef in die Morduntersuchung einmischte. Die Frau, die ihn begleitet, trug einen modischen Hosenanzug. Dieser verlieh ihr Autorität und Unnahbarkeit. Trotzdem konnte Knulp ihr eine gewisse Attraktivität nicht absprechen. Wäre er zehn Jahre jünger, hätte er es sicher auf einen kleinen Flirt angelegt.

Polizeidirektor Petry fiel gleich mit der Tür ins Haus.

„Knulp, wie ist der Stand der Ermittlungen?"

„Chef, wir fangen gerade erst an", knurrte der Kommissar äußerst undiplomatisch. Er erntete sogleich einen missbilligenden Blick.

„Ich hoffe, ich muss sie nicht darauf hinweisen, dass dieser Fall höchste Priorität genießt." Die Augen des Polizeidirektors sprühten geradezu vor Entschlossenheit.

„Natürlich. Jeden Mordfall versuchen wir so schnell wie nur möglich aufzuklären." Wenn sein Chef ihm seine Arbeit machen ließ, wäre er bestimmt schon ein paar Schritte weiter – Diesmal biss sich Knulp auf die Zunge und sprach den Gedanken nicht aus.

„Bei dem Fall muss es noch schneller gehen", belehrte ihn Petry mit scharfer Stimme „Das Ganze ist ein Politikum. Schließlich wurde der König ermordet."

„Nicht der König, sondern ein junger Mann, der augenscheinlich auf außergewöhnliche Kostümierungen stand."

Der Polizeipräsident sah seinen Untergebenen mit einem Ausdruck völligen Unverständnisses an.

„Mensch Knulp, sind Sie so naiv oder tun Sie nur so? Die Ermordung eines Mannes im Kostüm des Alten Fritzen ist ein Symbol, eine Chiffre. Da steckt mehr dahinter. Bestimmt irgendwelche Extremisten, wer weiß was für einer Couleur." Mit einem Mal sprudelte es aus dem Polizeipräsidenten nur so heraus. Er schwadronierte über Linksextremisten, die in dem preußischen König einen ewigen Kriegstreiber sahen. Dann schwenkte er scharf nach rechts – Extremisten, die es ihrem einst so verehrten König nicht verzeihen konnte, dass er schwul war. So ginge es ununterbrochen fort. Der Polizeipräsident ließ keine noch so verwegene Verschwörungstheorie aus, um den merkwürdigen Mordfall eine politische Dimension zu geben. Wahrscheinlich hoffte er durch einen besonders spektakulären Fall auf den langersehnten Aufstieg ins brandenburgische Innenministerium.

Knulp nickte aller dreißig Sekunden bestätigend mit dem Kopf. Ansonsten rauschten die Ausführungen seines Chefs an ihm vorbei. Vielmehr betrachte er aus dem Augenwinkel, die unbekannte Frau, die dem Polizeipräsidenten begleitet hatte. Da er sämtliche Mitarbeiter seines Chefs kannte, war sich Knulp ziemlich sicher, dass sie keine Kollegin war. Außerdem warf sie immer wieder einen scheuen Blick in Richtung des Toten. Dieses deutliche Unbehagen angesichts eines Mordopfers war typisch für Leute, die eher selten mit dem Tod in Berührung kamen. Aber irgendetwas war da noch. Knulp hatte mit den Jahren ein ausgesprochen gutes Gefühl dafür entwickelt, wenn Menschen etwas verbargen.

„Natürlich, Herr Polizeipräsident, werde ich in alle Richtungen ermitteln." Knulp hatte eine Atempause seines Chefs genutzt ihn zu unterbrechen. Bevor dieser den Faden wieder aufnehmen konnte, schob der Kommissar gleich eine weitere Bemerkung hinterher.

„Boss, wollen Sie mir gar nicht ihre charmante Begleitung vorstellen?"

Der Polizeipräsident sah völlig verdattert seinen Untergebenen an

„Ja ... mhm ... ja das ist ..."

Die gutaussehende Frau mit dem Hosenanzug überbrückte geschickt die Peinlichkeit. Mit einem strahlenden Lächeln streckte sie Knulp ihre Hand entgegen. Der Kommissar spürte jedoch, dass sie mit dieser freundlichen Geste ihre Unsicherheit überspielen wollte.

„Mein Name ist Kruse, Frau Dr. Kruse, von der staatlichen Schlösserverwaltung. Ich wollte mich nur erkundigen, wie lange wohl noch die Untersuchung dauern wird. Sie verstehen, die vielen Touristen ..."

„Ja, Frau Doktor Kruse von der Schlösserverwaltung", wiederholte der Polizeipräsident völlig unnötigerweise. Knulp bemerkte, wie Dr. Kruse einen nochmaligen Blick in Richtung des Toten warf.

„Sie kennen den Toten?"

Die Angesprochene zuckte regelrecht zusammen, dann erst begann sie zögerlich zu erklären.

„Das ist Hannes Bohm. Ein Musikstudent aus Berlin. Seit gut zwei Wochen hat er hier einen Job als Double von König Friedrich, dem Zweiten. Dabei spielt er zur Freude des Publikums ein paar Flötenkonzerte, die der König selber komponiert hat."

„Ich habe mir den preußischen König, immer viel älter vorgestellt."

„Auch der Alte Fritz war einmal jung."

Sie lächelte charmant den Kommissar an.

„Gerade der junge Friedrich war als historische Persönlichkeit bedeutend interessanter. Deswegen haben wir in den letzten Wochen ein völlig neues Konzept entwickelt. Alles viel moderner, viel jünger, viel kreativer ... Sie verstehen?"

Knulp nickte abwesend. Denn in der Zwischenzeit hatte er einen alten Mann im Rokokokostüm bemerkt, der am Eingangstor des Parks seelenruhig eine Querflöte auspackte. Wenige Augenblicke später erklangen die ersten Töne.

„Wie ich sehe, haben Sie bereits Ersatz gefunden."

„Nun ja. Wir haben seinen Vorgänger wiedereingestellt. Vorübergehend."

Ohne eine weitere Erklärung abzuwarten, ging Knulp auf den älteren Mann zu. Als dieser den Kommissar bemerkte, wurde er sichtlich nervös.

„Sind sie froh, dass sie ihren alten Job wiederhaben?"

Ein Blitzen in den Augen verriet die Wut des Alten.

„Ich hätte nie den Job verlieren dürfen!"

Er nahm den Spazierstock vom Boden auf, beugte seine Rücken und ging ein paar Schritte. Die Ähnlichkeit mit dem preußischen König war einmalig.

„Kein Mensch kennt den jungen Fritz. Aber jeder hat ein Bild vom Alten Fritz vor Augen. Jedoch davon haben Leute, wie diese Frau Dr. Kruse keine Ahnung." Der alte Mann warf der sich nähernden Mitarbeiterin der Schlossverwaltung einen hasserfüllten Blick zu.

Knulp trat an ihn heran und legte die Hand auf seine Schulter.

„Aber mussten Sie den Jungen deswegen gleich umbringen?"

Der „alte König" erstarrte. Langsam wandte er den Kopf dem Kommissar zu.

„Woher wissen Sie ..."

Ein melancholisches Lächeln lag mit einem Mal auf Knulps zerknitterten Gesicht.

„Sagen wir mal Intuition."

„Verstehe." Der alte Mann nickte. „Verstehe!" Plötzliche sah er den Kommissar direkt in die Augen.

„Der Alte Fritz war mein Leben und mein Leben wollte ich wieder zurückhaben!" Er schwieg und schaute über die Weinberge auf die Stadt. Leise trat der Knulp an ihm heran.

„Wie haben sie ihn getötet?"

Der Alte deutete auf den Spazierstock.

„Da war diese Wut, diese ungeheure Wut. Ich schlug, schlug wie besessen. Er stolperte, stürzte, lag am Boden und ich konnte nicht aufhören. Immer wieder... Immer wieder ..."

Er verharrte eine Weile, alsdann legte er den Spazierstock beiseite, nahm den Dreispitz ab und blickte noch ein letztes Mal auf sein Schloss.

„Manchmal sind die Dinge viel einfacher, als wie sie uns auf den ersten Blick erscheinen", raunte der Kommissar seinen Chef zu. Dann führte er den „alten König" zum Einsatzwagen.

Der gestohlene Engel

Fall Nr.: 20
Tatort:
Weißenfels – Sachsen-Anhalt
Dienstag 22. November 00.00 Uhr bis 09.23 Uhr

Die Kirchglocke schlug zum zwölften Mal. Egbert fröstelte. Lag dies nur an der kalten Novembernacht oder war ihm doch ein wenig unheimlich. Sein Blick wanderte zu der Friedhofskapelle. Das alte Gebäude hob sich als schwarze Silhouette vor dem nächtlichen Himmel ab. Der Mond tauchte das gesamte Friedhofgelände in ein fahles Licht. Normalerweise war Egbert kein Feigling, aber die ganze Geschichte gefiel ihm nicht. Er schielte zu seinem Kumpel Benno. Der mühte sich fluchend damit ab eine Aluleiter aus dem Laderaum des Transporters herauszuziehen.

„Wollen wir es wirklich wagen?"
Benno sah ihn verwundert an.
„Was für 'ne Frage? Ich glob ich hör nicht richtig. Die Preise für Altmetall sind in letzter Zeit geradezu explodiert. Wenn wir jetzt nicht zuschlagen, müssten wir bekloppt sein." Mit einem kräftigen Ruck bekam er endlich die Leiter frei.

„Aber muss man deswegen gleich einen Engel aus einer Kirche stehlen?" Wieder warf Egbert einen verstohlenen Blick auf die gespenstische Friedhofskapelle.

„Wahrscheinlich hast du zu viele Zombiefilme geglotzt." Mit seinem breiten Grinsen hatte Benno selber Ähnlichkeit mit einem Untoten. „Erstens ist es keine Kirche, sondern nur eine Kapelle. Und zweitens, weißt du, wie lange ich in der Gegend herumgefahren bin, bis ich diesen kapitalen Engel aus Bronze entdeckt habe.

„Ich hab' trotzdem ein schlechtes Gefühl." Nervös trat Egbert von einem Fuß auf den anderen, so als müsste er jeden Augenblick aufs Klo gehen. Er atmete einmal tief durch, ehe es aus ihm herausplatzte: „Das ist schließlich ein geweihter Ort."

Ungläubig sah Benno seinen Kumpel an.

„Aus welchem Jahrhundert kommst du denn? Mensch Eggi, das ist doch alles nur Aberglaube! Denk einfach an die tausend Euro, das uns dat Ding beim Schrotti- Müller einbringen wird."

Benno schulterte die Leiter und stapfte in Richtung Friedhofkapelle. Mit einem gehörigen Abstand folgte ihm Egbert. Bis zu der Kapelle war es zum Glück nur ein paar hundert Meter. Trotzdem mussten die beiden zunächst den gesamten Friedhof überqueren. Natürlich glaubte Eggi nicht an Gespenster, aber sein ungutes Gefühl konnte er nicht ohne weiteres abstellen. Schnell knipste er seine Taschenlampe an. Wie von der Tarantel gestochen fuhr Benno herum und zischte ihn an:

„Bist du übergeschnappt, mach sofort die Lampe aus! Vom Haus des Friedhofswärters kann man den Lichtstrahl sehen. Der ist ein ganz harter Hund und hetzt uns gleich die Bullen auf den Hals."

Erschrocken befolgte er den Rat seines Freundes. Benno war inzwischen weiter geschlichen. Egbert musste sich also beeilen, um ihn wieder einzuholen. Mit einem Mal zog es ihm die Beine weg und er rutschte ungefähr zwei Meter in die Tiefe.

„Hilfe! Hilfe!" Seine Stimme überschlug sich voller Panik.

„Schrei nicht so rum."

Trotz des mehr als verärgerten Tonfalls seines Kumpels, war Egbert froh, als er Bennos Gesicht über sich erblickte. Diese reicht ihm die Hand entgegen.

„Komm wieder raus. Das ist bloß ein offenes Grab."

„Ein Grab!" Panik schnürte seinen Hals zu. Er fürchtete jeden Augenblick tot umzufallen und hier gleich auf der Stelle seine ewige Ruhe zu finden. Ohne auf Bennos griffbereite Hand zu achten, krabbelte er so schnell wie nur möglich auf allen vieren aus dem Loch.

Egbert brauchte ein paar Minuten, bis sich sein Blutdruck wieder auf ein Normalmaß einpegelte.

„Ich lag in einem Grab. Ich lag in einem Grab" Wiederholte er immer wieder kopfschüttelnd, während er den Dreck von seiner Jacke abklopfte.

Inzwischen hatte Benno die Kirchentür aufbekommen. In der Kapelle konnte er ohne Gefahr die Taschenlampe benutzen. Von den Nachbarhäusern hatte man hier keine Einsicht. Also holte er seine lange Stablampe heraus und leuchtete die Wände der Kapelle ab. Der Lichtstrahl traf den Engel aus Bronze. Ein seliges Lächeln erstrahlte auf Bennos breitem Gesicht. Ja, das wird ein lohnendes Unternehmen.

In dem Moment stürmte der lehmbeschmierte Egbert in die Kapelle. Spöttisch betrachte Benno seinen Kumpan.

„Du siehst wirklich toll aus."

„Es war grauenvoll. Verstehst du, ich lag in einem Grab!"

„Davon wirste nicht sterben. Wir dürfen jetzt keine Zeit verlieren. Du kletterst die Leiter hoch und löst die Figur aus ihrer Verankerung. Ich halte inzwischen die Leiter."

Während Benno die Leiter an die Wand stellte, blickte Egbert auf ein Kruzifix auf der gegenüberliegenden Seite der Kapelle. Obwohl das Gesicht des Heilands stark stilisiert war, hatte Egbert das Gefühl, das dieser ihn missbilligend ansah.

„Worauf wartest du noch?"

Zögernd kletterte Egbert die Leiter hinauf. Als er auf der Höhe des Engels angelangt war, fasste er diesen unter die ausgebreiteten Flügel. Er stemmte die Figur ein Stück nach oben, damit sie sich aus der Verankerung löste.

„Benno, das Ding ist verdammt schwer."

„Denk an die Kohle und komm endlich runter."

Egbert spannte die Muskeln an und hob ächzend die Plastik aus der Verankerung. Nun ging er vorsichtig Schritt für Schritt die Stufen der Leiter hinab. Jedoch zog ihn das enorme Gewicht der Bronzefigur immer weiter nach unten. Plötzlich rutschte er aus und konnte die Engelsfigur nicht mehr halten. Die Figur sauste in die Tiefe.

„Benno pass auf!"

Dieser konnte im letzten Moment beiseite springen. Mit lautem Krachen und Poltern schlug der Engel auf den Boden auf.

„Bist du wahnsinnig! Der Engel hätte mich beinah erschlagen!"

„Es ist ein Zeichen! Lass uns bloß was Anderes klauen."

Egbert sprang von der Leiter und wollte in Richtung Ausgang rennen. Geradeso konnte Benno ihn noch am Ärmel seiner Jacke schnappen.

„Jetzt dreh nicht durch!" Er packte Eggi und schüttelte ihn kräftig durch. „So kurz vor dem Ziel geben wir nicht auf!"

Benno blickte seinen Kumpel lange eindringlich an. Schließlich nickte Egbert und ging langsam zu dem am Boden liegenden Engel.

In der nächsten halben Stunde gelang es ihnen irgendwie die schwere Figur in dem Transporter zu verstauen.

Am nächsten Morgen fuhren Benno und Egbert gut gelaunt auf den Hof von Paul Müller, genannt Schrotti-Müller. Die beiden Männer gingen schnurstracks auf das Büro des Schrotthändlers zu. Benno klopfte an die Tür. Nach einer Weile hörten sie den schlürfenden Gang des alten Mannes.

Dieser öffnete langsam die Tür und steckte seinen Kopf heraus.

„Da seid ihr ja! Ihr werdet bereits erwartet."

Erstaunt sahen sich Benno und Egbert an. Der Schrotthändler stieß seine Bürotür weiter auf. Hinter ihm stand der Friedhofswärter.

„Was will der denn hier?", entfuhr es Benno.

„Der? Das ist Manne, ein guter Freund von mir. Jedes Mal, wenn Typen, wie ihr, mir irgendwelche Friedhofsfiguren anschleppen, geb' ich ihm einen Tipp."

Der Friedhofswärter klopfte Schrotti-Müller auf die Schulter. Dann schaute er die anderen beiden wütend an.

„Innerhalb eines halben Jahres wurde der Engel zum dritten Mal geklaut. Jedes Mal landet er bei meinem alten Freund Paul."

„Ich kauf doch keine Friedhofsengel. Will selber mal so 'n Ding auf meinem Grab", knurrte der alte Schrotthändler. Manne trat einen Schritt auf die Ganoven zu.

„Ihr bringt den Engel schleunigst zurück. Ansonsten informiere ich die Polizei und euer Vorstrafenregister erhöht sich mit einem Schlag."

Mit eingezogenen Köpfen kehrten die beiden Männer zurück zu ihrem Wagen.

„Ich hab's gewusst, einen Engel stehlen bringt Unglück", flüsterte Egbert seinen Kumpel zu.

Der Meisterfälscher

Fall Nr.: 21
Tatort:
Berlin – Wedding
Samstag 12. November 22.05 Uhr bis 23.12 Uhr

Völlig außer Atem erreichte Charlie endlich die Wohnungstür im Dachgeschoss. In den letzten Jahren hatte er ein paar Pfunde zu viel auf die Rippen bekommen und der Kater war auch nicht gerade ein Leichtgewicht. Er hasste die Weddinger Mietshäuser. Keines von ihnen hatte weniger als fünf Stockwerke und nie gab es einen Lift.

Charlie hob die Transportbox hoch und schielte hinein. Das schwarze Tier fauchte ihn an und schlug mit der Tatze nach ihm.

„Ick mag dir och nich!"

Er stellte die Box auf den Boden. Anschließend hämmerte mit der Faust gegen die Wohnungstür. Einen Moment wartete Charlie gespannt, dann legte er sein Ohr an die Tür. Aber aus dem Inneren der Wohnung drang nicht der geringste Pieps.

„Ludger, mach die Tür uff. Ick weeß, dat du zu Hause bist. Du willst doch deinen Kater wiederhaben."

Mit einem Ruck flog die Tür auf. Ein grauhaariger Mann mit irrem Blick stürzte sich auf Charlie und versuchte ihn am Kragen zu packen.

„Du Schwein, wie konnste mir dit nur antun! Mein Mohrle zu entführen! Fünf Tage ohne ihn, dit war die Hölle!"

Charlie reagierte blitzschnell. Er packte den Arm des Angreifers, drehte ihn um und knallte mit seinem ganzen Gewicht den nach Schweiß und Alkohol stinkenden Mann gegen die Hauswand. In den Achtzigern war Charlie mal Berliner Kickboxmeister gewesen und auch jetzt trainierte er noch fast jeden Tag, so dass er nichts von seiner Reaktionsschnelligkeit verloren hatte.

„Ludger was soll dit? Du hast eh keine Chance gegen mir" flüsterte er den Grauhaarigen ins Ohr. Dann ließ er ihn los.

„Lass uns reinjehen und übers Jeschäft reden."

Ohne auf eine Einladung zu warten, betrat Charlie die Wohnung. Er steuerte geradewegs die Wohnstube an und fläzte sich aufs Sofa. Die Transportbox stellte er direkt neben sich, so dass er im Notfall sie schnell schnappen konnte. Missmutig war ihm Ludger gefolgt.

„Wat willste eigentlich von mir?"

„Mensch Ludger, det haben wir doch alles lang und breit besprochen. Du bekommst dein jeliebtes Katervieh zurück und ich erhalte im Gegenzug von dir 'nen Koffer voller Einhundert-Euro-Blüten."

„Ick habe dir schon vor fünf Tagen gesagt, det ick mit der ganzen Fälscherei nix mehr am Hut habe."

„Und stell dir vor, dit kann ick nicht glauben." Ein breites Grinsen huschte über Charlies Gesicht. „Der größte Fälscher aller Zeiten lässt nicht so einfach sein großes Talent verkümmern."

Für wenige Sekunden verzog sich Ludgers Mundwinkeln zu einem fast unmerklichen Lächeln, dann blitzte er Charlie wütend an.

„Hast du fuffzehn Jahre im Knast jesessen oder ick?"

„Dit ist dumm jelofen. Jeb ick zu. Aber davor hatten wir eine tolle Zeit, damals noch im alten Westberlin." Charlies Augen bekamen einen leicht melancholischen Zug. „Schnelle Schlitten, heiße Bräute und alles nur finanziert von deinen grandiosen Blüten, die ick unters Volk gebracht habe. Du träumst doch auch von den juten alten Zeiten?"

„Ick will nur meine Ruhe!"

Charlie platzte gleich der Kragen. Dieser verdammte Sturkopf! Er musste ihn unbedingt dazu bringen wieder ins Geschäft einzusteigen. Schließlich war er jetzt Anfang sechzig und einfach zu alt für Banküberfälle oder Einbrüche in irgendwelche Vorstadtvillen. Er riss seine Pistole aus dem Hosenbund hervor. Die Mündung der Waffe richtet er auf den Kater in der Transportbox.

„Dit wagste nicht." Ludger sah ihn entsetzt an.

„Du kennst mir. Ick hatte noch nie Skrupel, wenn es darum ging meine Ziele durchzusetzen!"

Eine explosive Mischung aus Hass und Leidenschaft lag zwischen den beiden Männern.

„Ja, ick kenne dir! Du schreckst nicht einmal davor zurück ein unschuldiges Tier zu töten."

„Jenau!"

Charlie deutete pantomimisch einen Schuss an,

pustete den imaginären Rauch weg und steckte die Waffe an seinen ursprünglichen Platz.

„Ich gebe dir noch mal drei Tage. Dann bekomme ich den Koffer mit den Blüten. Ansonsten ..."

Er schnappte sich die Transportbox mit dem Kater und ging in Richtung Tür.

„So lang brauchste nicht zu warten."

Ludger holte einen Geldkoffer hinter einem Schrank hervor. Er knallte ihn auf den Tisch und ließ die goldenen Schlösser nach oben schnappen. Da lagen sie: Ordentlich gestapelte falsche Einhundert-Euro-Noten. Ihr Wert durfte so um die Zweihunderttausend liegen.

Charlie nahm einen Schein heraus, betrachtete ihn von allen Seiten und hielt ihn gegen das Licht. Es war einfach unglaublich: Ludger war ein Genie! In all den Jahren im Knast hatte er wirklich nichts verlernt.

Ludger beachtete Charlie nicht weiter. Er kniete sich neben die Transportbox und öffnete diese. Sofort sprang Mohrle in seine Arme und schmiegte sich schnurrend an ihn. Ein glückliches Lächeln erstrahlte über Ludgers Gesicht.

Als Charlie aus der Haustür trat, hat es angefangen zu regnen. Das typische Novemberwetter tat seiner guten Laune keinerlei Abbruch. Vergnügt pfeifend schlenderte er durch das nächtliche Berlin. Der Gedanke an den Inhalt seines Koffers ließen ihn die Finger kribbeln. Er hielt es nicht mehr aus. Charlie musste noch einmal einen Blick auf die Scheine werfen. Schnell blickte er sich um. Zum Glück war weit und breit keine Menschenseele zu sehen. Er setzte sich auf eine Parkbank und öffnete langsam den Koffer.

Wie berauscht war Charlie von dem Anblick der gutsortierten Geldscheine. Er konnte der Versuchung nicht widerstehen und zog einen Schein heraus. Ja, Ludgers Fälschungen waren wahre Kunstwerke!

Plötzlich fiel ein Regentropfen auf den Hunderter. Ein hässlicher Fleck bildete sich auf der Banknote. Schnell nahm er ein Taschentuch hervor und begann die Stelle trocken zu reiben. Jedoch wurde der Fleck immer größer und die Farbe verwischte.

Mit einem Mal setzte ein regelrechter Platzregen ein. Mit Schrecken registrierte Charlie, dass auch die Farben der anderen Scheine sich mehr und mehr verwischten. Das stilisierte barocke Tor war auf den meisten Einhundert-Euro-Noten schon fast nicht mehr zu erkennen. Sollte Ludger ihn reingelegt haben? Schnell knallte Charlie den Geldkoffer zu. Er riss sein Handy aus der Tasche heraus und wählte Ludgers Nummer.

„Glaubst du etwa, du kannst mich verarschen, Ludger." Charlies Stimme bebte vor Wut.

„Und glaubst du, dass ich es zulasse, dass sich einer an meinen Kater vergreift."

Charlie lachte höhnisch. „Du drohst mir doch

nicht etwa. Im Handumdrehen bin ich wieder vor Deiner Wohnungstür. Da werden wir ja sehen, wer über die besseren schlagenden Argumente verfügt."

Für einen Moment herrscht am anderen Ende Totenstille.

„Charlie, ich fürchte, du wirst den Weg zu mir nicht mehr schaffen. Schieb mal die Geldscheine beiseite. Ick hab da noch ne kleine Überraschung für dich." Charlie legte das Handy ab und öffnete er ein zweites Mal den Koffer. Er durchwühlte das verfärbte Papier. Plötzlich hielt er ein schwarzes Kästchen in der Hand. Auf der Rückseite waren zwei Dynamitstangen mit Klebeband befestigt. Die leuchtende Anzeige der Digitaluhr verriet Charlie, dass in drei Sekunden alles vorbei war.

„Verdammte Scheiße!" Charlie holte aus, um das Kästchen so weit wie nur möglich wegzuschleudern. Zu spät! Ein lauter Knall zerriss die Stille der Berliner Nacht. Ludger ging in die Küche und holte ein Schälchen Milch für seinen Liebling.

Tödliches Rennen

```
Fall Nr.: 22
Tatort:
Hohenstein-Ernstthal - Sachsen
Freitag 23. Mai 19.55 Uhr bis 20.47 Uhr
```

Das verunglückte Motorrad lag noch auf der Straße. Gut zwanzig Meter davon entfernt bedeckten die Kollegen der Feuerwehr den leblosen Körper des Fahrers mit einer Plane. Das blinkende Blaulicht der Einsatzwagen tauchten den Abendhimmel über den Sachsenring, einer der ältesten Rennstrecken Deutschlands, in eine gespenstische Stimmung.

„Diese verdammten Idioten. Nicht 'nen Gramm Hirn hab'n sie in ihrem hohlen Nischel." Kommissar Höft schlug wütend die Tür des Polizeiwagens zu und blickte grimmig auf eine Gruppe Jugendlicher, die am Straßenrand mit gesengten Köpfen dastanden. Sie mochten alle um die Zwanzig sein - drei Jungs und ein Mädchen.

„Bleiben Sie ruhig, Chef. Das sind doch noch halbe Kinder. Sie begreifen erst jetzt, welche Dummheit sie begangen haben." Höfts Assistentin Clara Berg legt ihre Hand auf seine Schulter. Mit einer unwirschen Bewegung befreite sich der Kommissar.

„Umso schlimmer! Wegen solch einem Blödsinn ihr Leben wegzuwerfen."

„Chef!" Bevor Clara weiter auf ihren Boss einwirken konnte, schob dieser sie einfach beiseite und stapfte in Richtung der Jugendlichen. Die junge Polizistin setzte sofort nach und schnitt ihm den Weg ab.

„Bitte Chef, lassen Sie mich mit ihnen reden. Die stehen noch völlig unter Schock und manchmal sind Sie wirklich ..." Clara stockte. Dann atmete sie tief durch bevor sie weitersprach: „... etwas zu geradeheraus."

Höft musterte seine Untergebene eindringlich. Dabei runzelte er seine Stirn. Schließlich winkte er jedoch mürrisch ab.

„Vielleicht haste recht. Ob ich will oder nicht, ich muss immer an meinen sechzehnjährigen Sohn denken. Der liebt och Motorräder über alles und ich möchte mir nicht vorstellen ..." Ohne den Satz zu vollenden, ließ er Clara stehen und ging in Richtung des zerbeulten Fahrzeugs.

Höft zog aus seiner Jacke eine kleine Taschenlampe hervor und kniete sich nieder. Aufmerksam studierte er die einzelnen Teile des Motorrads. Es war eine Honda. Er kannte sich sehr gut aus mit dieser Art von Maschine. Ein wenig kribbelte es ihm in seinen Fingern. Nie hatte er seiner Assistentin erzählt, dass er früher selber so ein Teil zwischen den Beinen gehabt hatte. Er war sogar einige Profirennen gefahren, bis er eines Tages die Kontrolle über die Maschine verlor und mit vollem Karacho in die Absperrung flog. Heute, nach über zwanzig Jahren, schmerzten manchmal immer noch die alten Narben. Er hatte damals wirklich mehr als nur einen Schutzengel. Dieser Unfall war ein einschneidendes Erlebnis. Danach dachte er zum ersten Mal über die eigene Vergänglichkeit nach.

Inzwischen versuchte die junge Polizistin etwas mehr über den Unfallhergang zu erfahren. Die Unterhaltung lief sehr schleppend. Mehr als ein einsilbiges „ja" oder „nein" kam nicht über die Lippen, der sich sonst so cool gebenden Gang. Irgendwann platzte Clara der Kragen.

„Euer bester Kumpel liegt hier ein paar Meter von euch und ist tot. Er wird nie wieder mit euch Bier trinken, abhängen oder durch die Gegend düsen."

Die Clique schauten die Polizistin mit großen Augen an. Jedoch sagte keiner ein Wort.

„Jetzt raus mit der Sprache. Ihr seid hier illegale Rennen gefahren, nicht wahr?" Obwohl sie es nicht wollte, bebte Claras Stimme. Eine ungewöhnliche Anspannung lag in der Luft. Doch dann vernahm die Polizistin ein leises Räuspern.

„Felix ..." Unsicher trat das Mädchen von einem Fuß auf den andern. „Felix konnte wirklich genial mit seiner Maschine umgehen. Wie er sich in die Kurven legte. Dabei berührte er fast den Boden. Das nun ausgerechnet er ..."

Sie fing an zu schluchzen.

„War er Dein Freund?" Clara blickte das ausgesprochen hübsche Mädchen an. Nachdem sie verstohlen die Tränen von ihren Wangen weggewischt hatte, nickte sie fast unmerklich.

„Erst seit kurzem." Das Mädchen schluckte.

Mit einem Mal huschte ein leichtes Lächeln um ihre Mundpartie. „Felix war anders als die Anderen. Irgendwie ein ganz besonderer Mensch ... "

„Ein alter Angeber war er." Der etwas abseitsstehende Junge mit dem pickligen Gesicht warf dem Mädchen einen finsteren Blick zu. Diese drehte sich blitzschnell zu ihm um und fauchte ihn wütend an:

„Du bist so ein Arsch. Über Tote redet man nicht schlecht."

„Aber es ist die Wahrheit."

„Kevin, halt bloß deine Klappe", mischte sich nun einer der weiteren Jungs mit ein. „Wir wissen doch alle, dass du sauer warst, weil er dir Betty ausgespannt hat."

Kevin bekam einen hochroten Kopf und rannte mit geballten Fäusten auf die Gruppe zu. Im letzten Moment trat Clara zwischen die Streithähne.

„Jetzt reicht's! Ihr erzählt mir haargenau, wie der heutige Abend verlaufen ist."

Keiner der Jugendlichen sprach ein Wort. Clara wandte sich an das hübsche Mädchen.

„Betty, nicht wahr, du bist doch Betty – was ist passiert."

Das Mädchen malte unschlüssig mit der Fußspitze Kreise auf den Asphalt. Schließlich hob sie den Kopf und blickte die Polizistin fast trotzig an.

„Es war wie immer. Felix, Jo und Fred sind die Rennen gefahren, während Kevin für die Maschinen zuständig war. Er ist von Beruf Automechaniker." Hastig kramte sie aus ihrer Lederjacke eine Zigarettenschachtel hervor.

„Los ging es beim alten Start und Ziel, dann den Badberg hoch und runter in die MTS-Kurve." Sie fischte sich eine Zigarette aus der Verpackung.

„So war es auch heute?", hakte Clara nochmal nach.

„Nicht ganz. Felix hatte zunächst Probleme mit seiner Honda. Da musste Kevin noch einmal ran."

Betty schob die Zigarette in den Mundwinkel und zündete sie hastig mit ihrem Feuerzeug an. Gierig nahm sie ein paar Züge. Dann schaute sie zu Kevin herüber.

„Sag du doch mal was." Dieser zuckte mit den Achseln.

„Nichts Besonderes. Ich hab' die Maschine nochmals überprüft ..."

„...Und dabei hast du ein wenig an den Bremsen herummanipuliert."

Schlagartig richteten sich alle Blicke auf den Kommissar, der aus dem Dunkel aufgetaucht war. Ruckartig flogen im nächsten Augenblick alle Köpfe zurück in Richtung des pickligen Jungen. Dieser wurde leichenblass.

„Nein, natürlich nicht ... Niemals würde ich ..."

Betty trat ihre Zigarette aus und stürmte auf ihn zu.

„Schau mich an Kevin Schubert! Und schwör mir, bei allem was dir heilig ist, dass du das nicht getan hast!" Kevin wich ihrem durchbohrenden Blick aus und senkte seinen Kopf zu Boden.

„Er sollte doch bloß ein paar Schrammen auf

seiner arroganten Fresse bekommen. Ein Unfall, ja, aber doch nicht ..." Kevin flüsterte so leise, dass er kaum zu verstehen war. Dann warf er seinen Kopf nach oben und sah trotzig seine Freunde an.

„Felix war ein verdammt guter Fahrer und ich hätte nie gedacht ... Ihr müsst mir glauben, das wollte ich nicht."

Clara spürte die aufkeimende Spannung zwischen den Jugendlichen, die jede Sekunde zu explodieren drohte. Hilfesuchend sah Clara sich zu ihrem Chef um. Dieser schien jedoch noch nichts von der drohenden Eskalation bemerkt zu haben.

„Du Schwein, du dreckiges Schwein!" zischten Fred und Jo fast simultan. Die beiden jungen Männern kamen langsam auf Kevin zu. Blitzschnell packte Clara den pickligen Jungen und zog ihn hinter sich.

„Wir kümmern uns um Kevin! Habt ihr verstanden!" Die junge Kriminalassistentin fixierte Kevin und Fred, ohne eine Miene zu verziehen. Der beiden Jungs hielten inne. Schließlich wichen sie vor der entschlossenen Polizistin zurück. Zur gleichen Zeit hatte Kommissar Höft die Handschellen herausgeholt. Jetzt schlossen sich die eisernen Fesseln um die Handgelenke des pickligen Jungen. Er schien dies gar nicht mehr wahrzunehmen. Ohne sich noch einmal zu seinen Freunden umzublicken, ließ er sich von den beiden Polizisten abführen.

Während die Kriminalassistentin Kevin in den Streifenwagen verstaute, nickte ihr Höft aufmunternd zu.

„Clara, Sie haben das sehr gut gemacht. Das war Ihre erste richtige Bewährungsprobe." Die Polizistin errötete leicht. Sie war schon ein wenig stolz über das Lob ihres Chefs.

Polnische Gänse

```
Fall Nr.. 23
Tatort:
Gegend um Frankfurt an der Oder, diesseits und
jenseits der Grenze
Dienstag, 5. November 16.30 Uhr bis Mittwoch 6.
November 8.17 Uhr
```

Mike stieß die Tür zum Gänsestall des polnischen Bauernhofs auf. Der Raum war erfüllt von wildem Geschnatter. Ein Mann saß auf einem Hocker und hielt eine Gans zwischen den Beinen. Ein Anderer sperrte den Schnabel des Federviehs auf, während ein Dritter eine kleine wasserdichte Kartusche mit dem Stoff in den Rachen des Vogels fallen ließ. Was auf den ersten Blick nach einer merkwürdigen Methode der Gänsemast aussah, war die wohl perfekteste Art des Drogenschmuggels. Welcher Zöllner kontrolliert schon so kurz vor Sankt Martin einen Transport mit polnischen Gänsen?

Mike schaute sich unschlüssig um.

„Maly prezent pozegnalny!" Der vierschrötige Vorarbeiter mit einer qualmenden Pfeife im Mund, grinste ihn hämisch an. Mike verstand kein einziges Wort, was ihm der Typ zugerufen hatte. Jedoch bemerkte er sofort, dass die letzte Kiste mindestens doppelt so groß war, wie die vorherigen.

„Arschloch!", murmelte Mike, beugte sich leicht nach vorne und versuchte die Kiste anzuheben. Aufgeregt schlugen die Tiere mit ihren Flügeln um sich. Federn stoben an ihm vorbei, so dass er fast nichts sehen konnte. Mike spannte die Muskeln an. Die Kiste bewegte sich keinen Millimeter.

„*Cherlak!*" Die Männer in der Scheune fielen in das wiehernde Gelächter ihres Vorarbeiters ein. Wütend drehte sich Mike zu ihnen um und zeigte den Stinkefinger. Dies wurde mit noch größerem Johlen quittiert.

„Euch Bauerntölpel zeig ich's", brummelte Mike in seinen nicht vorhandenen Bart. Er biss die Zähne zusammen und packte die Kiste ein zweites Mal. Diesmal gelang es ihm, das monströse Behältnis auszuheben. Ganz langsam steuerte er den Ausgang zu. Jeder einzelne Schritt wurde mit rhythmischen Klatschen der Bauern kommentiert. Mike durfte auf keinen Fall die Kiste auch nur ein einziges Mal absetzen. Der Gang durch die feixenden Männer wurde zum wahren Höllentrip. Schweiß rann ihm über das Gesicht, die Augen brannten und die Muskeln schmerzten.

Endlich hatte er das Scheunentor erreicht und war aus dem Blickfeld der Bauern verschwunden. Die paar Meter bis zu dem Transporter waren jetzt nur ein Katzensprung. In dem Moment trat der „Boss" hinter dem Wagen hervor und baute sich breitbeinig vor ihm auf. Er musterte Mike mit kalten blauen Augen.

Trotz des regnerischen Herbstabends lief Mike ein heißer Schauer den Rücken herunter: Mit dem Mann war nicht gut Kirschen essen!

„Wie lang brauchst du noch?" Der „Boss" sprach mit dem typisch harten osteuropäischen Akzent. Mike hob die Kiste mit letzter Kraft auf die Ladefläche und wischte sich mit dem Ärmel seiner Jacke den Schweiß von der Stirn ab.

„Dit war's."

Der „Boss" warf einen kurzen Blick in das Innere des Transporters. Die Gänse schnatterten immer noch wild durcheinander. Er nickte zufrieden und gab Mike einen Zettel.

„Morgen Vormittag, bis spätestens 10 Uhr, brjungst du die Gänse zu Adresse in Moabit. Nach Übergabe der Ware erchaltst du die Kohle."

Völlig unvermittelt riss er ein Messer hervor und hielt es Mike an die Kehle.

„Wenn der Stoff nicht ankommt, gnad dir Gott! Chaben wir uns verstanden?"

Mike nickte, so gut dies mit einer Klinge direkt an der Halsschlagader ging. Der „Boss" lockerte seinen Griff und steckte das Messer wieder in den Gürtel. Dann klopfte er jovial Mike auf die Schulter.

„Ich wjunsch dir viel Gluck."

Mike war erleichtert, als er endlich mit dem Laster den Hof verließ. Trotz der Unberechenbarkeit des „Bosses" war es leicht verdientes Geld: Er fuhr ein paar Kilometer bis zum Grenzübergang in Frankfurt/Oder, dann bog er ab zu dem Geflügelhof seiner Eltern in Lebus, ein paar Stunden schlafen und am nächsten Morgen ab nach Berlin. Wenn er eine Zeitlang für den „Boss" als Drogenkurier arbeitete, hatte er bald genug Knete. Er brauchte das Geld. Schließlich wollte er nicht ewig Sommer wie Winter auf dem elterlichen Hof schuften und sich von ihnen bevormunden lassen. Mit 32 Jahren war es endlich Zeit ein eigenes Leben führen.

Mike näherte sich der Frankfurter Stadtbrücke. Er sah bereits das Schild mit der Aufschrift: Bundesrepublik Deutschland. Dann erst entdeckte er die Straßensperren. Ein eiskalter Schock ließ ihn erstarren. Eine Razzia von der Zollbehörde? Seit dem Polen in der EU war und dem Abbau der Grenzanlagen, war ihm dies noch nie passiert.

Ein dicker Zollbeamter mit Schäferhund stoppte seinen Laster. Jetzt musste Mike cool bleiben.

„Na Meester, seit wann macht ihr denn hier wieder Grenzkontrollen?"

Der Dicke musterte Mike mit strenger Mine, doch sogleich huschte ein freundliches Lächeln über sein Gesicht.

„Nischt besonderes. Reine Routine. Ab und an machen wir so'ne Aktion mit unseren polnischen Kollegen. Damit die Schmuggler sich nicht allzu sicher fühlen."

Und ausgerechnet mich muss es heute erwischen, schoss es Mike durch den Kopf-

„Na ick bin jedenfalls sauber. Chef." Mike schlug einen möglichst lässigen Tonfall an.

„Und was haste denn so jeladen?"

„Polnische Gänse. Sie wissen schon Sankt Martin!"

„Ein leckrer Gänsebraten ist schon wat jutes." Mike sah den Zollbeamten an, dass dieser jetzt lieber an einer knusprigen Gänsekeule knabbern würde, als hier bei diesem beschissenen Novemberwetter seinen Dienst zu schrubben.

Der Zöllner ging den Transporter entlang und leuchtete mit der Taschenlampe in den Laderaum. Plötzlich schlug der Schäferhund an. Mike erstarrte: Ob der Hund die Drogen in den Gänsen erschnüffeln konnte?

Der Hund kläffte. Schaum bildete sich um sein Maul. Mike spürte bereits die Handschellen an seinem Gelenk klicken.

„Hasso, aus! Der spielt verrückt wegen die Gänse."

„Klar dem jeht es nicht anders als uns. Mögen Sie den Vogel lieber mit Rot- oder Grünkohl."

„Rotkohl natürlich! Mit Klößen!" Versonnen blickte der Zöllner auf das schnatternde Federvieh. Erst nach einer Weile erwachte er aus seinem Traum und setzte wieder sein dienstliches Gesicht auf.

„Na denn. Jute Weiterfahrt."

Der Zöllner klopfte noch mal gegen die blecherne Verkleidung des Transporters. Dann trat Mike aufs Gaspedal und fuhr über den Grenzstreifen. Ein riesiger Stein fiel ihm vom Herzen. Die Kohle war gerettet!

Als er auf den Geflügelhof seiner Eltern fuhr, lag alles im Dunkeln. Er parkte den Transporter neben dem alten Laster von seinem Vater. Er hatte ihm gestern versprochen beim Beladen für den Biomarkt zu helfen. Aber das hatte noch Zeit bis morgen. Zufrieden ließ sich Mike ins Bett fallen.

Am nächsten Morgen fiel sein erster Blick auf die Wanduhr. Verdammt es war schon acht! Er hatte vergessen den Wecker zu stellen. Schnell sprang er aus dem Bett, schlüpfte in die Sachen und rannte die Treppe hinunter. Seine Mutter, die bereits Kaffee kochte, strahlte ihn gut gelaunt entgegen.

„Vielen Dank Mike, dass Du gestern Abend noch die Gänse für den Biomarkt in den Transporter verladen hast. Papa hat sich sehr gefreut. Er ist schon losgefahren."

Mike sah seine Mutter entsetzt an. Er stürmte auf den Hof. Der Wagen mit den polnischen Gänsen war verschwunden. Mit einem Mal spürte er die kalte Klinge der Messers an seiner Kehle. Diesen Fehler würde der „Boss" ihm nie verzeihen.

Martha fängt einen Dieb

```
Fall Nr.: 24
Tatort:
Berlin - Prenzlauer Berg
Montag 17. Oktober 23.37 Uhr bis 00.22 Uhr
```

„Mit einem triumphierenden Lächeln übergab Hieronymus den Mörder der Polizei." Einen Moment hielt Martha inne, dann hämmerte sie die letzten vier Buchstaben in die Tastatur: *ENDE.*

Zufrieden klappte sie den Laptop zu. Ihr neuster Roman über den Privatdetektiv Hieronymus Schneider war vollendet. Sie schaute auf die Uhr - es war bereits kurz vor Mitternacht. Die Zeit war beim Schreiben nur so dahingeflogen! Martha streckte ihre verspannten Glieder. Dann stand sie auf, öffnete die Balkontür und steckte sich eine Zigarette an. Dieser erste Zug, nach ein paar Stunden hochkonzentrierter Arbeit, war einfach herrlich. Natürlich wusste sie, dass dies ihrer Gesundheit abträglich war. Aber mit 72 Jahren konnte man sich ein liebgewonnenes altes Laster nur schwerlich abgewöhnen.

Während sie ihren zweiten Zug inhalierte, fiel ihr Blick auf die andere Straßenseite. Der Mond taucht den kleinen Lebensmittelladen von Herrn Vuh in ein eigenartiges Licht.

Was war das? Eine dunkle Gestalt machte sich an der Ladentür zu schaffen. Marthas Pulsschlag fing an zu galoppieren. Obwohl sie schnell ihre

Brille aufsetzte, konnte sie keine Details erkennen. Gerade in dem Moment schob sich eine Wolke vor dem Mond und die Straßenlaterne war schon seit Wochen defekt. Sie beugte sich weit über die Brüstung ihres Balkons um etwas erspähen zu können. Tatsächlich, sie hatte sich nicht getäuscht. Eine dunkel gekleidete Person hantiert mit irgend so einem Ding an dem Schloss der Verkaufsstelle herum.

Nervös drückt Martha ihre Zigarette aus. Ausgerechnet der Laden von Herrn Vuh. Die vietnamesische Familie, die seit vielen Jahren das Geschäft betrieb, war mit den Jahren ihr ans Herz gewachsen. Rund um die Uhr stand das Ehepaar hinter der Ladentheke und bediente seine Kunde. Jeder hier im *Winsviertel* kannte das Geschäft des freundlichen Herrn Vuh. Für manchen Single war der kleine Laden die letzte Rettung bei einem unerwarteten Date. (Eigentlich hielt Martha nichts von diesen neumodischen englischen Wörtern. Da sie aber niemand für eine wunderliche Alte halten sollte, benutzte sie diese in letzter Zeit auch immer häufiger).

Fast jeden Tag kaufte Martha in dem Geschäft ein. Hauptsächlich darum, weil sie gerne mit Herrn Vuh ein Schwätzchen hielt. So hatte sie allerlei interessante Information über die Sitten und Gebräuche des kleinen Landes im Fernen Osten erfahren. Schon mehrfach hatte sie mit dem Gedanken gespielt einen Hieronymus Schneider Krimi in Vietnam spielen zu lassen. Martha konnte also

Herrn Vuh jetzt nicht im Stich lassen. Was wäre, wenn der Verbrecher, den ganzen Laden leerräumt? Sie musste sofort die Polizei anrufen. Aber ehe die kam, war der Dieb bestimmt schon längst über alle Berge.

In Marthas Händen kribbelte es. Schlagartig stand ihr Entschluss fest: Sie musste den Täter selbst zur Strecke bringen! Später konnte sie dann das Erlebte in ihrem neuen Roman verarbeiten. Es war doch etwas andres ein reales Verbrechen zu beschreiben, als immer nur ausgedachte. Ihre Leser würden garantiert von dieser einmaligen Erfahrung profitieren.

Wie konnte sie den Dieb am besten überwältigen? Eine Waffe besaß Martha nicht. Außerdem wollte sie den Dieb nicht ernstlich verletzen. Ein Einbrecher war ja schließlich kein Mörder!

Ihr Blick fiel auf die gusseiserne Bratpfanne, die über ihrem Herd hing. Ein Schlag mit diesem Ding zeigte bestimmt seine Wirkung. Aus dem Bad holte sie noch eine Wäscheleine, zog ihre Jacke an und eilte die Treppen hinunter.

Auf der Straße war nicht eine Menschenseele zu sehen. Trieb der Dieb im Inneren des Ladens bereits sein Unwesen? Martha beschlich ein mulmiges Gefühl.

„Eine Frau in meinem Alter sollte um diese Zeit im Bett liegen."

Doch mit einem Mal spürte Martha eine innere Wut in sich brodeln: Während Familie Vuh in ihrer Wohnung über dem Laden in friedlichen Träumen lag, räumte der Einbrecher das ganze Geschäft aus. Sie musste dies auf jeden Fall unterbinden.

Martha gab sich einen Ruck und überquerte schnurstracks die Straße.

Die Ladentür war einen Spalt geöffnet. Darauf bedacht möglichst kein Geräusch zu verursachen, schob Martha vorsichtig die Tür auf. Dann setzte sie einen Fuß vor den anderen und betrat den Laden. Wobei sie darauf achtete, den Schwerpunkt ihres Gewichtes auf den Fußballen zu legen, um so ein Knarzen der alten Dielen zu verhindern. Martha blickte sich ängstlich um. In der Nacht wirkten die Regale viel größer, fast unheimlich. Plötzlich hielt sie die Luft an. Im hinteren Teil des Ladens durchschnitt der Strahl einer Taschenlampe die Dunkelheit. Schnell suchte Martha Deckung hinter einem Regal. Damit die Bratpfanne ihren schweißgebadeten Händen nicht entglitt, krampften sich ihre Finger fest in den Stil. Ihr rasender Herzschlag verdoppelte sich noch einmal. Hoffentlich bekomme ich jetzt keinen Infarkt – schoss es ihr unwillkürlich durch den Kopf. Die Begegnung mit einem echten Verbrecher war doch um einiges aufregender, als sie es sich in ihrer wahrlich blühenden Fantasie ausgemalt hatte. Plötzlich rumpelte es. Teile wurden beiseitegeschoben. Flüche drangen an ihr Ohr, in einer Sprache, die sie nicht kannte. Dann Stille. Der Dieb schien endlich gefunden zu haben, was er suchte.

Das Geräusch von knarrenden Dielen kam immer näher. Martha hob langsam ihre Bratpfanne. Ihre Nerven waren aufs Äußerste gespannt. Es kam darauf an, den Einbrecher mit einem gezielten Schlag sofort außer Gefecht zu setzen. Jetzt war er auf der Höhe ihres Regals. Noch ein, zwei Schritte, dann hatte er die Tür erreicht. Martha holte zum Schlag aus.

„Ich hab' dich! Du miese Ratte!"

Sie ließ die Bratpfanne auf den Einbrecher mit voller Wucht niedersausen. Der Dieb sackte lautlos zusammen.

Ein Gefühl des Triumphs überkam sie. Endlich war sie ihrer Romanfigur Hieronymus Schneider ebenbürtig.

Sie zog die Wäscheleine hervor und begann den Verbrecher zu verschnüren.

Dabei drehte sie sein Gesicht um. Ihr Herz blieb vor Schreck fast stehen. Es war Herr Vuh!

Schnell ließ Martha sich neben ihm nieder und klopft seine Wangen. Der Ladenbesitzer lag regungslos vor ihr.

„Lieber Gott, lass den Herrn Vuh nichts Ernsthaftes passiert sein!" Weitere Stoßgebete folgten. Endlich wurde Martha erhört. Herr Vuh öffnete einen winzigen Spalt seines rechten Augenlids. Martha stieß einen Luftstrom der Erleichterung aus sich heraus.

„Herr Vuh ... ich dachte ... sie wären ein Einbrecher."

Der Ladenbesitzer hob seinen Kopf ein paar Zentimeter. Immer noch wirkte er sehr benommen.

„Die Sicherung ... in unsere Wohnung ... herausgesprungen ... Der Sicherungskasten ist ...hier im Laden ..."

Seine Augenäpfel verdrehten sich und er verlor wieder sein Bewusstsein. Zum Glück hatte Marta beim Herausgehen aus ihrer Wohnung, noch ihr Handy von der Kommode geschnappt. Jetzt kramte sie dieses aus ihrer Jacke heraus und wählte den Notruf. Erst als wenig später der Krankenwagen um die Ecke bog, atmete Martha erleichtert auf. Sie war sich sicher, dieses Erlebnis wird keinen Platz in ihrem neuen Detektivroman finden.

Bleigießen im Erzgebirge

Fall Nr.: 25
Tatort:
Oberwiesenthal – Erzgebirge
Dienstag 31. Dezember 22.48 Uhr bis 23.59 Uhr

Über die schneebedeckten Berggipfel pfiffen die ersten vorzeitigen Silvesterraketen in den nächtlichen Himmel. Kommissar Kober lag in seinem kuschelig warmen Bett in dem nach erzgebirgischer Art eingerichteten kleinen Hotelzimmer. Auf dem Nachttischschränkchen stand ein Glas Wein. Daneben die nur noch halbvolle Flasche Pinot Noir - Jahrgang 2012. Ein wirklich guter Tropfen, die dem Kommissar eine anständige Stange Geld gekostet hatte. Er blätterte die Seite seines Buches um und versank in fernen Welten. So verbrachte er am Liebsten den letzten Abend des Jahres. Kommissar Kober war kein Freund von ausgiebigen Partys.

Seit vor ein paar Jahren ihm seine Frau den Laufpass gegeben hatte, war immer über den Jahreswechsel in das kleine Hotel am Ortsrand von Oberwiesenthal gefahren. Raus aus der Großstadt: keine Einbrüche, keine Drogendelikte und vor allen Dingen keine Leichen. Einfach nur viel Schnee, Berge, frische Luft und endlich mal wieder ein gutes Buch lesen. Aber um Gottes Willen keinen Krimi!

Ein heftiges Klopfen an der Tür schreckte Kober auf.

„Herr Kommissar, es ist was Schreckliches passiert!"

Kober hasste diesen Satz! Was danach folgte, kannte er nur zu gut. Nach kurzem Zögern, legte er das Buch beiseite, quälte sich aus dem Bett und schlurfte zur Tür.

Mit weit aufgerissenen Augen stand Maria vor ihm. Sie war völlig aufgelöst. Kober hatte Maria bisher noch nie so erlebt. Seit gut zwanzig Jahren leitete die rundliche Frau gemeinsam mit ihrem Bruder den Gasthof. Kober liebte ihre herzerfrischende offene Art und ihre Kochkünste waren einzigartig.

„Der Hubert ist zusammengebrochen. Ich gloobe, er ist dod!" Tränen schossen ihr aus den Augen. Ihr wohlgenährter Körper wurde von Schluchzern durchgeschüttelt.

„Beruhig Dich Maria, ich komme gleich."

Schnell zog Kober den dicken Rollkragenpullover und die Jeans über den Schlafanzug. Dann schlupfte er mit nackten Füssen in die Halbschuhe und eilte die Treppe herunter.

Der Gastraum war für die Silvesterparty mit Luftballons und Papierschlangen geschmückt. Über der Eingangstür hing ein Spruchband: Happy New Year. Die Tische waren allesamt eingedeckt. Einzig und allein die Gäste fehlten. Maria hatte sie bereits nach Hause geschickt. So stand das kalte Buffet mit den erzgebirgischen Spezialitäten ziemlich verlassen da. Beim Anblick der vielfältigen Köstlichkeiten lief Kober das Wasser im

Mund zusammen. Er war kurz davor einen Pflaumentoffel zu stibitzen, beherrschte sich jedoch aus Gründen der Pietät.

Die Stimmung im Raum war angespannt. An der Theke steckten Maria und die beiden Kellnerinnen ihre Köpfe zusammen und tuschelten. Immer wieder blickten sie scheu zu der anderen Seite des Raums. Auf dem Boden, neben dem traditionellen Kachelofen, lag eine leblose Gestalt. Die großen Hände, der fast kahle Schädel, die Schürze aus Leder – der Kommissar hatte keinerlei Zweifel: Es war Hubert.

Kober wusste auch ohne das fachmännische Urteil eines Arztes, dass für den Wirt jede Hilfe zu spät kam. Seine Augen waren bereits gebrochen und blickten starr an die Decke. Einen Moment lang hielt der Kommissar inne, dann fuhr er mit der Hand über Huberts Augenlider.

Um die Mundwinkel des Toten hatte sich eine weißliche Flüssigkeit gebildet. Kober sah sich um und nahm von einem der eingedeckten Tische ein Messer. Daraufhin kniete er neben den Leichnam und hob mit der Messerspitze ein wenig Huberts Lippen an. Das Zahnfleisch war schwarz gefärbt.

„Sieht nach Bleivergiftung aus", murmelte Kober.

Maria, die sich unmerklich genähert hatte, sah den Kommissar entsetzt an.

„Die Bleifiguren habsch ich übern Versandhandel bestellt. Die können doch ni so giftsches Zeusch einfach so verkofen!" Vor Erregung lief ihr

Gesicht purpurrot an.

„Wofür hast du diese Figuren gebraucht?"

„Nu für's Bleigießen." In Marias Antwort schwang ein Hauch von Entrüstung mit: Wie konnte ein gebildeter Kommissar so eine dumme Frage stellen? Natürlich kannte Kober die alte erzgebirgische Silvestertradition. Hohlkörper aus Blei wurden auf einem Löffel erhitzt, dann das geschmolzene Metall ins kalte Wasser geworfen und aus den nun entstandenen Gebilden konnte man angeblich die Zukunft lesen.

„Mit unseren Mitarbeitern machen wir das Bleigießen immer schon ein paar Stunden vor Mitternacht, bevor die Gäste kommen", erklärte Maria, obwohl sie Kober gar nicht danach gefragt hatte.

„Verrückt! Der Blick in die Zukunft hat den Hubert ein langes Leben vorausgesagt. Da hat sich der Hubert gefreut wie a Schneegönig. Doch plötzlich glitt ihm dieses Bleiding aus der Hand und plumpste hinein ins Bierglas. Und damit begann das ganze Unglück!"

Der Kommissar blickte Maria verständnislos an. Die Wirtsfrau errötete.

„Nu ja ... Ich muss wohl etwas weiter ausholen. Seit einiger Zeit hatte der Hubert mit der Koordination seiner Arme und Beine große Probleme."

„Das ist mir auch aufgefallen." Kober erinnerte sich, wie der Wirt am Tag seiner Ankunft leicht schwankend auf ihn zugekommen war. Erst dachte er, Hubert habe einen über den Durst getrunken. Aber es war elf Uhr vormittags und Hubert stank nicht nach Alkohol. Er begrüßte den Wirt mit Handschlag. Doch plötzlich wurde diesem schwindlig und Hubert musste sich am Treppengeländer festhalten, um nicht zu stürzen.

„Herr Kommissar, Sie hör'n mir ja gar ne richtig zu." Maria zupfte Kober am Ärmel seines Pullovers.

„Doch, doch erzähl ruhig weiter!"

„Dieses Ding, dieses Bleiding, fischte er mit Mühe wieder raus und warf es auf'm Tisch. Daraufhin nahm der Hubert 'nen kräftigen Schluck. Oh mein Gott!" Maria stieß einen fast hysterischen Schrei aus. „...wahrscheinlich war noch etwas Blei im Glas!"

„Und dann?" Innerlich musste Kober über den Marias theatralischen Ausbruch schmunzeln. So hatte er die eher stille Frau bisher nie erlebt.

„'Ne halbe Stunde verging und plötzlich brach er zusammen." Ihre Augen starrten ins Leere und sie sprach nicht weiter.

„Maria hast du noch einige von den Bleifiguren?"

Die Wirtin schreckte hoch.

„Ja, ja natürlich. Wir wissen vorher nie, wie viele Gäste zur Silvesterfeier kommen. Also bestellen wir mehr, als wir brauchen. Wir haben noch welche in der Abstellkammer. Kommse ruhig mit. Ich zeig's Ihnen." Maria erhob sich. Sie watschelte dem Kommissar voraus, quer durch den Gastraum, vorbei an der Küche und stieg schließlich ein paar Stufen hinab in den Keller. Vor einer Eisentür blieb sie stehen. Sie kramte in ihrer Schürzentasche und zog einen Schlüssel heraus.

Der Raum war vollgemüllt mit Gartenmöbel, Sonnenschirmen und anderen Dingen, die man nicht jeden Tag brauchte. In der Ecke stand eine alte Werkbank. Wahrscheinlich hatte Hubert sich hierher zurückgezogen, um seine erzgebirgischen Holzfiguren zu schnitzen. Jedenfalls waren sie in jeder unmöglichen Stelle des Hotels zu finden.

Auf dem Steinfußboden lagen verstreut Packungen mit Bleifiguren. Zum Teil waren sie aufgerissen, zum Teil noch fest verschweißt, zum Teil waren sie völlig leer. Kober betrachte die einzelnen Packungen.

„Wie viele Besucher hatten für heute Abend reserviert?", wandte er sich fragend zu Maria.

„Leider nicht so viele. Eigentlich hätten wir heute nur drei Packungen gebraucht."

Der Kommissar nickte, sagte jedoch nichts weiter, sondern ging zu der alten Werkbank. Eine Feile lag auf dem Tisch. Irgendjemand hatte wohl vergessen sie zurück in den Werkzeugschrank zu legen. Der Kommissar beugte sich nieder und strich mit dem Zeigefinger über die Werkbank. An seiner Fingerkuppe klebt ein feines gräuliches Pulver. Kober nahm nun die Feile in die Hand und betrachtet diese ebenfalls eingehend. Auch hier hatte sich in den Rillen der gräuliche Staub festgesetzt.

„Maria!" Kober drehte sich blitzschnell um. Die Wirtsfrau, die sich Schritt für Schritt zur Ausgangstür entfernt hatte, erstarrte. Für einen Moment schwieg Kober, dann sah er Maria mit traurigen Augen an.

„Warum hast Du Deinen Bruder umgebracht?"

Mit einem Mal herrschte eine merkwürdige Stille im Raum. Maria wurde leichenblass. Plötzlich rang sie nach Luft und aus ihr brachen nur stotternde Laute hervor.

„I ... ich? Wi ... wi ... wieso? Niemals!"

Kober ging langsam auf die Wirtin zu. Diese blickte sich panisch um, als suchte sie nach einem Fluchtweg.

„Sieh mal Maria." Mit seiner tiefen Stimme versuchte er beruhigend auf Maria einzuwirken. „An einem kleinen Stückchen Blei stirbt man nicht. Nimmt man jedoch regelmäßig das Metall zu sich, dann kommt es zu Lähmungserscheinungen, die zum Tod führen. Hier liegen zehn aufgerissene Packungen, drei davon hast du für heute Abend gebraucht. Du hast schon vor Wochen begonnen Hubert langsam zu vergiften."

Völlig überraschend fiel Maria ihm in die Arme. Tränen liefen über ihre Wangen.

„Vor ein paar Monaten lernte Hubert eine Frau im Internet kennen. Nach dem ersten Treffen war er wie verwandelt. Ich hab' ihn nicht mehr wiedererkannt. Stellen Sie sich vor, er wollte mit ihr ein neues Leben beginnen ... und das Hotel verkaufen – mein Hotel!" Der Rest ihres Geständnisses ging im Schluchzen unter. Kober verspürte das Verlangen ihr tröstend über den Kopf zu streichen. Er beherrschte sich jedoch. Stattdessen nahm er sein

Handy und rief die Polizei.

Das Krachen der Silvesterraketen begrüßte das neue Jahr. Den nächsten Jahreswechsel musste Kober wohl oder übel an einem anderen Ort verbringen.

Spezialität des Hauses

```
Fall Nr.: 26
Tatort:
Hansestadt Greifswald
Montag, 12.September 18.35 Uhr bis 19.23 Uhr
```

Für einen Montagabend war die Pizzeria „Luigi" sehr gut besucht. Dies war auch kein Wunder, schließlich hatte in den letzten fünfundzwanzig Jahren das italienische Restaurant in Greifswald sich einen ausgezeichneten Namen erarbeitet. Als kurz nach der Wende Luigi Camerone die erste original italienische Pizzeria in der norddeutschen Kleinstadt eröffnete, wurde er von den meisten der Alteingesessenen mit scheelen Blicken verfolgt. Inzwischen kannte und liebte jeder Greifswalder den kleinen Italiener mit den lustigen Augen. Besonders seine knusprigen Pizzen und die wohlschmeckenden Pasta-Gerichte waren in der gesamten Umgebung der Hansestadt geradezu Kult.

Auch am heutigen Abend spiegelte sich in den Gesichtern der Gäste nur vollkommene Zufriedenheit mit dem Essen und der netten Bedienung wider.

Plötzlich flog mit einem heftigen Schlag die Tür zu dem Restaurant auf. Im Türrahmen erschienen Kalle und seine zwei Bodyguards. Den untersetzen Mann mit der Sonnenbrille kannte hier ebenfalls jeder. Jedoch verbanden die meisten Greifswalder mit der hiesigen Unterweltgröße eher unangenehmere Gefühle.

Wie immer hatte Kalle seinen Auftritt sehr gut inszeniert. Alle Blicke der Gäste und des Personals waren sofort auf ihn gerichtet. Allerdings lag dies weniger an ihm, sondern an seinen beiden Begleitern. Bodo und Udo schienen direkt der Crew eines legendären Wikingerschiffs entsprungen. Keiner der beiden war unter zwei Meter groß. Ihr blondes Haar reichte bis über die Schultern und ihre dichten Vollbärte bedeckten die Hälfte ihrer Gesichter. Die Lieblingsbeschäftigung von Bodo und Udo bestand darin, mindesten drei Stunden am Tag ihre Muskelpakete zu trainieren. Ansonsten waren sie ziemliche Hohlköpfe. Dies störte Kalle jedoch nicht weiter. Schließlich war er der intellektuelle Kopf der Bande.

Betont lässig schlenderten Kalle und seine beiden Mitstreiter zu einem Tisch mitten im Gastraum.

„Bedienung, aber ein bisschen flott!", brüllte er quer durch den Raum.

Sofort herrschte eine gewisse Unruhe unter dem Bedienungspersonal. Leise diskutierten sie miteinander, welcher von ihnen in den sauren Apfel beißen sollte. Das Los traf Serafina, eine junge Kellnerin mit dunklem lockigen Haar und ausdrucksvollen Augen.

„Sie wünschen meine Herren?"

Kalle schob seine Sonnenbrille auf die Stirn und musterte sie von oben bis unten. Unvermittelt packte er die Kellnerin am Handgelenk und zog sie zu sich herunter.

„Ich will deinen Chef sprechen, Süße!" Dabei bleckte er die Zähne, so dass seine zahlreichen Goldkronen zum Vorschein kamen. Die Kellnerin versuchte sich aus dem harten Griff zu befreien und blitzte ihn mit schwarzen Augen an.

„Der ist heute nicht hier."

„Ich kann es für den Tod nicht aussteh'n, wenn man mich anlügt. Oder möchtest du etwa, dass ich dich meinen beiden Freunden überlasse. Die sind nicht so zartfühlend wie ich."

Bodo und Udo feixten breitmäulig. Serafina riss sich los und stemmte wütend ihre Fäuste auf den Tisch.

„Glauben Sie bloß nicht, dass ich vor Ihnen Angst habe. Sie können mich ..."

„Serafina, ist gut. Die Herren wollen mich sprechen."

Kalle drehte sich um. Direkt hinter ihm stand ein kleiner grauhaariger Italiener mit einem eingefrorenen Lächeln.

„Oh, Signore Luigi ist doch im Hause. Ich nehme an, Sie wissen, wer wir sind."

„Für die Restaurantbesitzer der Stadt sind Sie kein Unbekannter, Signore Kalle." Der Wirt vollführte eine ironische Verbeugung vor seinem ungebetenen Gast.

„Da können wir uns ja unnötige Worte sparen. Wir würden sehr gerne mit Ihnen in eine geschäftliche Beziehung treten."

„Sie meinen: Erpressung?"

„Eine wirklich unglückliche Formulierung. Ich

denke, wir finden sicherlich eine bessere Bezeichnung für unsere Dienstleistung. Wie wäre es mit ... Security-Leistung." Kalle nahm sich eine Zigarre aus einem goldenen Etui, schnitt die Spitze ab und zündete sie an.

„Wir bieten Ihnen Schutz und Sie bezahlen für unseren Beistand ... sagen wir einmal zehn Prozent Ihrer Einnahmen." Er blies dem Wirt eine Rauchwolke ins Gesicht. Luigi verzog nicht ein bisschen seine freundliche Mine.

„In meiner Heimat sind wir solche Art von Handel gewohnt. Ich freue mich schon auf unsere zukünftige Zusammenarbeit. Jedoch bevor wir unsere geschäftliche Freundschaft besiegeln, darf ich Sie und die anderen beiden Herren selbstverständlich noch zum Essen einladen."

„Da können wir nicht nein sagen." Kalle sah sich bestätigend zu seinen beiden „Bulldoggen" um. Budo und Udo waren ebenfalls äußerst erfreut über diese unerwartete Zuwendung. Lächelnd wandte sich Kalle wieder dem Wirt zu.

„Mir war von Anfang an klar, dass wir mit euch Italienern keine Schwierigkeit haben werden."

„Meine Herren, ich darf Ihnen die Spezialität des Hauses empfehlen - Spaghetti funghi. Serafina geh' schon einmal in die Küche. Ich komme gleich nach."

Die junge Frau eilte von dannen. Während Luigi mit seinen Gästen noch über dieses und jenes plauderte, goss er jeden von ihnen ein Glas Rotwein ein, ehe er Serafina in die Küche folgte.

„Ich glaube, wir können unser Geschäftsmodell bald über die Stadtgrenzen hinaus erweitern." Kalle nahm einen Schluck von dem wirklich köstlichen Rotwein und blickte sich zufrieden in dem Restaurant um.

In dem Augenblick wurde auch schon die Küchentür aufgestoßen. Serafina balancierte gekonnt drei üppig gefüllte Teller Spaghetti, die mit einer wundervollen Pilzsauce bedeckt waren. Ein unwiderstehlicher Duft ging von dem Gericht aus. Den drei Männern lief das Wasser im Munde zusammen. Sie stürzten sich sofort auf das Essen, als ob sie sechs Wochen lang gehungert hätten.

„Oh ist das köstlich. Luigis Pizzeria hat nicht umsonst so einen guten Ruf."

Als die letzten Spaghetti von den Tellern verschwunden waren, trat Luigi wieder an den Tisch.

„Ich hoffe meine Herren, es hat Ihnen geschmeckt. Kommen wir nun zum geschäftlichen Teil."

„Klar, Handschlag genügt."

„Einen Moment noch."

Luigi holt aus seiner Kochschürze einen Pilz hervor.

„Dieses Gewächs dürfte Ihnen bekannt sein. Die Wirkung seines Giftes ist verheerend. Zunächst bekommt man leichte Bauchkrämpfe, dann Halluzinationen und schließlich ereilt einen der Tod innerhalb weniger Stunden."

Kalle erblasste.

„Der Grüne Knollenblätterpilz?!"

Luigi nickt ernst.

„Ein paar von ihnen kleingeschnitten und unter die Sauce gemischt ... Wir waren auf Ihren Besuch gut vorbereitet."

Plötzlich spürte Kalle ein merkwürdiges Gefühl in der Magengegend. Auch die beiden Muskelmänner wurden blass. Sie rangen nach Luft und alle drei hatten mit einem Mal den Eindruck, als würde irgendetwas ihre Gedärme zerreißen.

Flehend umklammerte Kalle den Arm von Luigi.

„Das kannst du nicht machen. Das ist Mord!"

„Die Cameronis sind seit Generationen Gastwirte. Wir wissen, wie man unangenehme Situationen übersteht. Schon häufig mussten wir uns gegen Typen wie euch verteidigen. Irgendwann haben wir dann beschlossen zu radikalen Mitteln zu greifen."

„Willst du, dass wir hier verrecken?"

Luigi zuckte mit den Schultern.

„Ich an Eurer Stelle würde mich ruckzuck in das nächste Krankenhaus begeben und mir Magen auspumpen lassen."

Kalle, Bodo und Udo sprangen von ihren Stühlen auf. Ohne sich noch einmal umzublicken, verließen die drei Gauner fluchtartig das Lokal.

Luigi blickte zu Serafina herüber.

„Die sehen wir nicht so schnell wieder."

Serafina fing an zu lachen.

„Das war doch niemals ein Knollenblätterpilz?"

„Nö, nur ein Champignon, aber die Trottel ha-

ben es nicht bemerkt."
    Jetzt musste auch Luigi lachen.

Schnelle Pferde und schöne Frauen

Fall Nr.: 27
Tatort:
Hoppegarten bei Berlin
Sonntag 23.Juli. 14.30 Uhr bis 15.17 Uhr

Die altehrwürdige Galopprennbahn in Hoppegarten lag in der prallen Nachmittagssonne. Doch die Liebhaber von rassigen Pferden ließen sich von der Hitze nicht die gute Laune verderben. Die Damen nutzten die Chance endlich ihre ausgefallensten Hüte in der Öffentlichkeit zu präsentieren. Dagegen dominierte bei den Männern nur ein einziger Gedanke: Hoffentlich habe ich auf das richtige Pferd gesetzt.

Theo verließ beschwingt den Wettschalter. Er musste grinsen, sobald er an das mitleidige Gesicht des Mannes hinter dem Schalter dachte: Fünfhundert Euro auf Wirbelwind. Der wird glotzen, wenn er nachher seinen Wettschein einlöst.

Theo blickte in Richtung der Tribüne. Er kniff wegen der blendenden Sonne die Augen zusammen. Aber entdeckte Gina sogleich. Sie hatte bereits Platz genommen und musterte mit einem Fernglas die Pferde in ihren Boxen. Theo lief der Schweiß den Rücken herunter. Lag es an der unerträglichen Hitze oder doch an der Aufregung vor dem alles entscheidenden Rennen? Am liebsten hätte er jetzt sein Leinenjackett ausgezogen. Aber Gina hatte ihm eingetrichtert, dass er beim Großen Derby nicht im Polohemd auftreten konnte. Unauffällig hob er seinen Arm und schnupperte unter seiner Achsel. Auf alle Fälle musste er sich, bevor er zu Gina auf die Tribüne zurückkehrte, noch einmal frisch machen. Ein Blick auf seine Armbanduhr zeigt ihm, er hatte noch eine gute Viertelstunde bis zum Beginn des Rennens.

Theo stieß die Tür zum Toilettenraum auf. Zügig ging er zum Waschbecken, legte den Wettschein auf die Konsole, öffnete einen Hahn und spülte sich etwas Wasser ins Gesicht.

„Sie haben bereits gewettet?"

Der junge Mann mit modischer Hornbrille, der direkt neben ihm ans Waschbecken getreten war, warf einen Blick auf den Wettschein.

„Fünfter Lauf – Wirbelwind auf Sieg. Das ist gewagt. Der ist doch ein total krasser Außenseiter. In den letzten zwei Jahren hat er kein einziges Rennen gewonnen."

Theo musterte den Typen von oben bis unten. Er war ihm vorhin schon am Wettschalter aufgefallen. Wahrscheinlich war das irgend so ein Computernerd, der ernsthaft glaubte, dank einer mathematischen Formel den Sieg des Pferderennens vorherzusagen. Genervt nahm Theo den Wettschein und stopfte ihn in die Tasche seines Jacketts.

„Dit jeht dir 'nen Scheißdreck an!", sagte er abfällig. Dann drehte er den Wasserhahn zu und zog ein Papierhandtuch aus dem Fach. Von draußen hörte er die Ansage, dass in wenige Minuten der fünfte Lauf begann. Er musste sich also sputen um pünktlich an Ginas Seite das Rennen zu verfolgen.

Also nichts wie raus.

Direkt an der Tür stieß die „Brillenschlange" mit ihm zusammen. Theo flucht leise. Der Kerl hatte dies absichtlich getan, da war er absolut sicher. Dieser murmelte zwar eine Entschuldigung, trotzdem hätte Theo normalerweise ihn dafür eine verpasst. Aber jetzt hatte er keine Zeit für Streitereien.

Als er aus der Toilette herauskam, sah er, dass Gina bereits Ausschau nach ihm hielt. Wieder war er überwältigt von ihrer Schönheit: das luftige Sommerkleid, das tiefe Dekolleté, ihre blonden Locken, die sich unter ihrem Sommerhut hervorkräuselten ...

Vor einem halben Jahr hatte er Gina in einer Bar kennengelernt. Die erste Begegnung mit ihr traf ihn wie ein Blitzschlag. Theo sah mit einem Blick: Das war eine Frau mit Format und Klasse! Aber eigentlich spielte sie in einer anderen Liga. Um ihren Bedürfnissen gerecht zu werden, würde er Schotter brauchen, jede Menge Knete. Theo kam mit seinen paar Kröten, die er mit Gelegenheitsjobs verdiente, geradeso über die Runden. Er wollte jedoch um keinen Preis Gina verlieren.

Irgendwann, nach einer schlaflosen Nacht, kam Theos erlösende Idee: Pferdewetten! Wenn man es geschickt genug anstellte, gab es keine leichtere Art um an viel Kohle heranzukommen.

Schon als Kind war er zusammen mit dem Vater häufiger Gast auf der Pferderennbahn. Mit den Jahren hatte er sich einiges Fachwissen angeeignet und kannte das Milieu. In den letzten Wochen besuchte er immer wieder die Rennbahn in Hoppegarten. Nein er wettete noch nicht. Vielmehr trank er im Anschluss an die Rennen das eine oder andere Bier mit den Jockeys. Er erkundete vorsichtig nach den Möglichkeiten eines Wettbetrugs. Ein paar der Jockeys waren gerade knapp bei Kasse und so ergab sich schnell eines aus dem anderen.

Noch zehn Minuten und dann würde Theo für seinen Wettschein eine Menge Zaster erhalten. Abzüglich der Bestechungsgelder blieb noch genug, um Gina ein paar Wochen zu verwöhnen. Was danach kam, wussten allein die Sterne.

„Wo warst Du solang. Der Rennen geht jeden Augenblick los."

Gina Wangen waren vor Aufregung gerötet. Es stand ihr gut. Theo setzte sich neben sie und tätschelte ihr die Hand.

Nervös tänzelten die Pferde in ihren Boxen. Der Schuss der Starterpistole zerfetzte die Luft. Die Pferde preschten auf ihre Bahn. Theo spürte, wie schlagartig sein Adrenalinspiegel in die Höhe sprang. Nichts hielt ihn mehr auf seinem Platz. Auch Gina war aufgesprungen. Aufgeregt umfasste sie seine Hand. Theo konnte diesen Moment der Berührung gar nicht richtig genießen, so sehr nahm ihn das Rennen gefangen.

Viktoria hatte sogleich die Führung übernommen, dicht gefolgt von Silberpfeil und Blizzard. Wirbelwind war erwartungsgemäß an letzter Position. Eine leichte Unruhe befiehl Theo. Was das in

Aussicht gestellte Schmiergeld für die Jockeys wirklich hoch genug?

Ab der zweiten Kurve begann Wirbelwind langsam aufzuholen. Zunächst überholte er Caramba, dann Rotfuchs und schließlich bekam er Anschluss an die Spitzengruppe.

„Wirbelwind! Wirbelwind! Wirbelwind!"

Theos Stimme überschlug sich und Gina stimmte aufgeregt in seinen Sprechgesang mit ein. Tatsächlich schien Wirbelwind wie losgelöst. Er hängte mühelos die Konkurrenten ab und überquerte als Erster die Ziellinie.

„Gina wir haben es jeschafft!"

Gina warf Theo einen verheißungsvollen Blick zu, der ihm geradezu die Knie weich werden ließ. Jetzt nur noch das Geld vom Wettschalter abholen und er war am Ziel seiner Träume.

Theo fuhr in seine Jackentasche. Er erstarrte. Der Wettschein war verschwunden! Panik stieg in ihm auf. Schnell bückte er sich. Aber unter den Stühlen war weit und breit nichts zu sehen. Verdammt, es gab nur eine Möglichkeit: Er hatte den Schein auf der Konsole im Waschraum liegen gelassen.

„Bin gleich wieder zurück. Ick muss noch wat erledigen."

Theo stieß die Tür zu den Toilettenräumen auf. Schon auf dem ersten Blick sah er: Auf der Konsole lag kein Wettschein. Theo suchte kniend den Fußboden ab, kippte den Abfalleimer aus, durchwühlte alles, zog die Papierhandtücher heraus, schaute in jede einzelne Toilettenbox – vergeblich, der Wettschein blieb verschwunden.

Ein schlimmer Verdacht befiehl Theo: Der Typ mit der Brille hatte ihn beklaut! Rasend vor Wut stürmte er aus dem Waschraum. Auf dem Vorplatz hielt Theo für einen Augenblick inne. Angespannt schaute er sich um. War der Kerl noch auf der Rennbahn? Wahrscheinlich, denn er musste ja den Wettschein noch einlösen.

Was Theo dann sah, konnte er im ersten Moment gar nicht glauben. Auf der gegenüberliegenden Seite des Platzes verließ der Typ mit der Hornbrille das Wettbüro. In seiner rechten Hand trug er einen Aktenkoffer. Seine linke Hand umfasste Ginas Schulter. Sie strahlte ihn verliebt an. Ein nie gekannter Schmerz traf Theo mitten ins Herz.

Tod des Tambourmajors

```
Fall Nr.: 28
Tatort:
Mühlhausen - Thüringen
Donnerstag 25.August 21.34 Uhr bis 22.45 Uhr
```

Mit einem kräftigen Fußtritt stieß Florian die Toilettentür auf. Auf dem geschlossenen Klodeckel saß zitternd ein kleiner, dicker Mann in einer bunten Fantasieuniform.

„Ich hab' ihn!" Florians Ruf hallte durch den Raum. Dann packte er ohne viel Federlesen den Dicken an der Uniformjacke, zerrte ihn aus dem Kabuff und schubste ihn Willi und Kurt in die Arme. Diese schnappten ihn sofort und hielten den sich windenden Mann mit energischen Griffen fest. Florian baute sich vor ihm auf. Die Jacke seiner Spielmannsuniform war aufgeknöpft, so dass darunter sein verschwitztes Unterhemd sichtbar wurde. Florian achtete nicht weiter darauf. Seine nur einen spaltbreit geöffneten Augen fixierten den vor ihm stehenden schlotternden Mann.

„Du miese Ratte, warum hast du Georg umgebracht?" Florian riss drohend seinen Arm nach oben, im gleichen Moment zog der Dicke seinen Kopf ein.

„Ich schwör's, ich war`s nicht. Du musst mir glauben! Wirklich! Ich schwör's beim Grabe meiner Mutter." Die Worte sprudelten ohne Punkt und Komma aus ihm heraus. Dabei überschlug sich seine Stimme vor Aufregung und alles endete in einem hohen Kiekser.

„Du kannst schwören, so viel du willst. Erich, ich kauf' dir das nicht ab." Florian trat einen Schritt näher an ihn heran. „Ich kann mir genau vorstellen, wie die Sache gelaufen ist." Er verschränkte seine Arme vor der Brust und musterte den dicken Mann mit einem süffisanten Lächeln. „Du konntest das einfach nicht mehr ertragen, dieses - Georg hier, Georg da!" Florian äffte ziemlich gekonnt die weiblichen Mitglieder des Spielmannszuges nach. In der nächsten Sekunde packte er sein Gegenüber wieder am Revers seiner Uniform. „Nicht wahr, Erich, genauso war es? Die Musik, die Uniform, unser Ensemble, das ist dein Leben?"

Erich schluckte, dann sah er sich hilfesuchend nach Willy und Kurt um. Deren Minen waren jedoch versteinert.

„Ja natürlich. Aber deswegen bringe ich niemanden um..."

„Halt die Klappe!", fuhr Florian ihn über den Mund. „Ich kann ja verstehen, wie sehr du dich gedemütigt fühltest, als sich die Mehrzahl unseres Ensembles für Georg als dem neuen Tambourmajor aussprach. Du warst auf einmal abserviert und dann hatte er auch noch Erfolg ..." Erich senkte den Kopf. Selbst in dieser angespannten Lage, konnte er die Wahrheiten nicht ertragen.

„Schau mir in die Augen!" Florian packte ihn am Kinn. „Morgen Mittag sollte zum ersten Mal unser Spielmannszug den Festumzug zur Stadtkirmes eröffnet. Jahrelang hast du dich für diese Ehre abgestrampelt. Nie hast du dies erreicht. Und dann gelang Georg dies gleich im ersten Jahr. Deswegen hast du ihn umgebracht!"

„Nein, ich war's nicht!"

„Du verfluchter sturer Bock! Gesteh endlich!"

Ohne Vorwarnung stürzte sich Florian auf den Dicken. Nur mit Mühe hielt ihn Kurt noch im letzten Augenblick zurück.

„Lass gut sein, Florian. Wir bringen ihn raus zur Polizei."

Florians Kopf war hochrot, doch allmählich ging sein Atem wieder etwas ruhiger.

„Ja, schafft ihn raus. Ich komme gleich nach."

Während Willi und Kurt ihren ehemaligen Tambourmajor aus der Toilette schleiften, drehte er den Wasserhahn auf und spritzte sich kaltes Wasser ins Gesicht. Die Abkühlung tat ihm gut. Die Auseinandersetzung mit Erich hatte ihn mehr Kraft gekostet, als er gedacht hatte. Florian knöpfte sich seine Uniformjacke wieder zu. An der Stelle, wo ein Knopf abgerissen war, zögerte er einen Moment.

„Blöde Kuh, warum hat du ihn nicht angenäht." Er spürte, wie die Wut gegenüber seiner Frau emporkroch. Schnell nahm er noch einmal eine Handvoll Wasser und schüttete sie ins Gesicht. Jetzt fühlte er sich besser. Er nahm eines der Papierhandtücher, trocknete sich ab, warf dieses in den Abfalleimer und rannte den Anderen hinterher ...

Auf dem Kopfsteinpflaster vor dem Vereinshaus lag Georg Ehwald, hingestreckt in seiner herrlich Prachtuniform, direkt neben ihm der buntgeschmückte Musizierstab. Die starr aufgerissenen Augen zeigten deutlich, dass für ihn jede Hilfe zu spät kam. Das makabre Bild stand im krassen Gegensatz zu dem leckeren Duft von Thüringer Bratwurst und Rostbrätel der über den Dächern von Mühlhausen lag.

„Ausgerechnet ein Mord während der Stadtkirmes", knurrte Kommissar Falk.

In respektvollen Abstand verharrten einige Mitglieder des Spielmannszugs. Die meisten von ihnen blickten betroffen zu Boden. Vor einer Stunde hatten sie noch für den morgigen Tag probiert und nun ...

Die Tür des Vereinshauses flog auf. Florian und seine beiden Kumpane hatten Erich fest in ihre Mitte genommen.

„Sind Sie der ermittelnde Kommissar? Wir bringen Ihnen den Mörder!"

Der Angesprochene grinste Florian ironisch an.

„Das ist ja wirklich nett von Ihnen." Falk erhob sich mühsam und klopfte den Staub von der Hose. Dann ging er ganz dicht an Erich heran und schob wie nebenbei die Schmuckleiste von dessen Uniformjacke beiseite.

„Ihr Name?"

„Wunder, Erich Wunder ..."

„Ein schöner Name."

„Herr Kommissar. Sie müssen mir glauben. Ich

hab' nichts mit dem Mord an meinem Nachfolger zu tun. Im Gegenteil, ich habe Georg Ehwald immer sehr geschätzt."

Der Kommissar betrachte den kleinen dicken Mann von allen Seiten. Dann huschte ein Lächeln über sein Gesicht.

„Schon gut. Ich glaube Ihnen. Gehen Sie nach Hause."

Florian klappte vor Erstaunen die Kinnlade herunter.

„Aber sie können Erich doch nicht einfach laufen lassen!"

„Doch ich kann! Sehen Sie, in Folge einer körperlichen Auseinandersetzung ist es dem Täter gelungen mit dem Musizierstab sein Opfer zu strangulieren." Blitzschnell war Falk hinter Florian getreten und legte seinen Arm um dessen Hals.

„So oder so ähnlich muss dies vonstattengegangen sein. Sagen Sie selbst ..."

Lächelnd wandte sich der Kommissar wieder Erich zu, der immer noch ganz verdattert über die plötzliche Wende seines Schicksals war.

„Nichts für ungut Herr Wunder. Ich glaube, Sie sind rein körperlich nicht in der Lage, diese Mordtat auszuführen. Außerdem habe ich ein weiteres Indiz für seine Unschuld ..."

Florian wollte etwas einwenden, doch Willy hielt ihn zurück.

„Deine Frau scheint dich zu brauchen."

Einen Augenblick zögerte Florian, dann ging er zu einer blonden Frau, die gedankenverloren an einem Baum lehnte.

„Geht es dir nicht gut?"

Die Frau schwieg. Plötzlich funkelte sie Florian böse an.

„Glaub ja nicht, dass ich zu dir zurückkehre!"

„Beate, bitte, nicht vor den Leuten."

„Georg war ein toller Mann. Wir beide hatten fantastischen Sex miteinander."

„Beate!" Florian schrie den Namen seiner Frau in die Nacht hinein. Seine Hände zitterten. Mit einem Mal waren alle Blicke auf das verheiratete Paar gerichtet. Beate ging langsam auf ihren Mann zu und sah ihn voller Verachtung an.

„Mit Georg hätte ich so gerne ein neues Leben angefangen. Mit Dir dagegen ... Was bist du bloß für ein Mensch?" Mit einem Mal wandte sie sich an die umherstehenden Mitglieder des Spielmannszugs.

„Stellt Euch vor. Es waren gerade ein paar Minuten vergangen, seit dem man Georg hier gefunden hatte. Da kommt mein Mann zu mir und fragt mich ernsthaft, ob ich ihn einen Knopf annähen kann. Unvorstellbar! Da wird ein Mensch ermordet und mein lieber Mann hat nichts Besseres im Kopf, als einen abgerissenen Knopf."

Florian stierte abwesend seine Frau an. So bemerkte er gar nicht, wie der Kommissar die Schmuckleiste von Florians Uniformjacke beiseiteschob. Tatsächlich - ein Knopf fehlte.

„Das entscheidende Indiz."

Falk holte aus seiner Tasche einen in eine

Plastikhülle eingetüteten Uniformknopf hervor.

„Diesen hielt der Tote fest umklammert." Dann klopfte er Florian auf die Schulter. „Mein Herr, wie hätten da wohl noch einige Dinge zu klären."

Nikolaus auf Abwegen

```
Fall Nr.: 29
Tatort:
Berlin - Prenzlauer Berg
Samstag 6. Dezember 14.47 Uhr bis 16.12 Uhr
```

Harry trat aus der Lagerhalle und blickte sich vorsichtig um. Ein Glück! Weit und breit war niemand vom Wachschutz zu sehen. Bei einem Bruch am helllichten Tag befiel ihm häufig ein ungutes Gefühl. Ihm fehlte einfach der Schutz der Dunkelheit. Aber das war eher ein Problem des Kopfes. Denn die Leute hatten an einem Samstagnachmittag in der Vorweihnachtszeit weiß Gott besseres zu tun, als auf einen Nikolaus mit weißem Rauschebart, der sich auf einem Lagergelände herumtrieb, zu achten.

Seine gut zwanzigjährige Ganovenkarriere hatte Harry eins gelehrt: Die richtige Vorbereitung ist das A und O. Daran haperte es diesmal gewaltig. Alles lief holterdiepolter. Und warum? Weil Kalle den Hals nicht voll genug kriegen konnte.

„Ick brauch bis morgen früh Nachschub. Nur Kinderspielzeug und Elektronikkram. Det jeht in der Vorweihnachtszeit am besten."

„Kalle, ick hab meiner Süßen versprochen heute Abend mit ihr schwofen zu jehn."

„Dann machste halt am Nachmittag den Bruch. Die Lagerhalle liegt in der Nähe von der Schönhauser. Im Anschluss biste schnell wieder zu Hause und ab jeht's zu Klärchens Ballhaus."

„Bei dir piept's wohl. Samstagnachmittag im Prenzlberg bekomme ich nie 'nen Parkplatz. Soll ick etwa den Plunder in 'nen Sack stopfen und wie der Weihnachtsmann rumloofen."

„Dit is doch ne jute Idee. Heute ist Nikolaus, da fällste nicht weiter auf."

Kalle hatte gut reden. Der saß in seinem Arbeitszimmer vorm Computer und verkloppte die Waren. Wer aber musste sich mit dem Nikolauskostüm zum Affen machen?

Zumindest bis jetzt lief der Bruch problemlos: Rauf aufs Gelände, das Tor von der Lagerhalle geknackt, Kalles Liste abgearbeitet, alles eingesackt und so schnell wie möglich das Weite gesucht. Wenn nur nicht die verfluchte Verkleidung wäre und der kratzige Bart ...

Harry schulterte den schweren Sack. Er ächzte angestrengt und setzte mühsam einen Fuß vor den anderen. Es waren noch einige Meter bis zu der Stelle, wo er vor einer Viertelstunde ein Loch in den Zaun geschnitten hatte. Auf einmal hörte er das Kläffen eines Hundes. Und tatsächlich bog rund fünfzig Meter von ihm entfernt ein Rottweiler um die Ecke. Mit großen Sprüngen und weitaufgerissenem Maul eilte das Vieh ihm entgegen. Verdammt er musste sich beeilen. Es waren immer noch 5 Meter bis zu dem Zaun. Der Hund kam näher und näher. Harry vermeinte schon den stinkenden Atem des Köters auf seiner Haut zu spüren. Hastig zwängte er den prallgefüllten Sack durch die Öffnung im Drahtzaun. Dann kroch er selber hinterher. Er schwitzte und fluchte unter seinem angeklebten Rauschebart. Jetzt war die Töle noch zehn Meter von ihm entfernt. Da verfing sich der Mantel in einem Haken des Maschendrahts.

An allem war nur Kalle schuld! Hätte er bloß dessen Anruf ignoriert!

Mit einem wütenden Ruck riss sich Harry los. Ein Stück des roten Mantels hing am Zaun. Aber das war Harry egal. Hauptsache er war frei und dies in letzter Sekunde. Der Rottweiler knallte mit voller Wucht gegen den Maschendraht, fiel kurzzeitig zu Boden, dann rappelte er sich jedoch wieder auf und rannte aufgeregt am Zaun hin und her. Dabei kläffte er und fletschte die Zähne.

„Hasso! Komm sofort her." Von weitem brüllte ein wohlbeleibter Wachmann. Der Hund zögerte einen Augenblick und sah sich zu seinem Herrchen um. Harry nutzte die Chance, schulterte den Sack zum zweiten Mal und lief, so schnell er unter der schweren Last konnte, in Richtung U-Bahn-Station Eberswalder.

Als Harry in die Sredzkystraße einbog, konnte er zunächst einmal erleichtert durchatmen. Hier herrschte mit einem Schlag ein dichtes Gedränge. Eltern mit ihren Kindern strebten in Richtung des bekannten Weihnachtsmarkts in der Kulturbrauerei.

Der Gedanke an den Adventsmarkt ließ ihn fast melancholisch werden. Als seine Kinder noch klein waren, ist er jedes Jahr mit ihnen hier hergegangen. Jetzt wollten sie mit ihrem „verkorksten Alten" nichts mehr zu tun haben. Ein leichtes Gefühl der Bitternis überkam ihn. Doch wollte über das Thema nicht länger nachdenken. Er musste jetzt zügig zu Kalle um die Beute abzuliefern. Von seinem Anteil würde er für seine Süße etwas Schönes zu Weihnachten kaufen. Vielleicht eine Perlenkette, ein teures Parfüm oder eine paar heiße Dessous - Der Gedanke daran ließen ihm mit einem Mal viel leichtfüßiger über den Schnee fliegen.

„Guck mal Mama, da kommt der Weihnachtsmann." Ein kleines Mädchen zeigte in seine Richtung. Harry war sich nicht mehr so sicher, ob dies mit der Verkleidung wirklich so eine gute Idee war.

Er hatte inzwischen schon den Weihnachtsmarkt erreicht. Von hier aus waren es noch gut fünfhundert Meter bis zu der U-Bahn-Station. Plötzlich erstarrte er. Direkt am Eingang des Marktes stand ein Streifenpolizist und musterte ihn. Harry durchfuhr ein eiskalter Schauer: Falls der Wachmann auf dem Gelände ihn doch bemerkt hatte, war es nicht auszuschließen, dass er die Polizei gerufen hat. Harry musste sich möglichst unauffällig verhalten. Auffällig wäre es jedoch, wenn ein Weihnachtsmann einfach so an einem Weihnachtsmarkt vorbeiging.

Also bog Harry wohl oder übel auf den Markt ein. Während er an dem Polizisten vorbeiging, lächelte ihm dieser zu. Harry lächelte etwas verkrampft zurück. Jetzt bloß kein Aufsehen erregen. Er bemühte sich möglichst schnell im Gedränge der Besucher unterzutauchen.

Ein Geruch von kandierten Mandeln, Bratäpfeln und Zuckerwatte lag in der Luft. Kindergeschrei mischte sich mit der Musik von Weihnachtsliedern. Da war es wieder dieses nostalgische Gefühl. Harry lächelte versonnen.

Irgendjemand zupfte an seinem Mantel. Blitzschnell drehte er sich um.

„Nikolaus, hast Du ein Geschenk für mich?" Erwartungsvolle Kinderaugen blickten Harry an. Verflucht, er konnte doch jetzt nicht den Sack öffnen und dem Kleinen etwas von der Beute geben.

Der Polizist näherte sich langsam. Mit irgendwas hatte er sein Misstrauen erregt, da war sich Harry sicher. Es half nichts, er musste seine Rolle weiterspielen. Schließlich hatte er keine Lust die Weihnachtstage im Knast zu verbringen.

Er stellte den Sack auf einen Treppenabsatz ab, schnürte ihn auf und griff wahllos hinein. Harry zog ein Raumschiff aus Legoteilen heraus. Er gab es dem Jungen. Dieser strahlte über das ganze Gesicht.

„Danke Nikolaus."

Überglücklich rannte der Junge in Richtung seiner Eltern.

Im Nu war Harry von einer großen Schar Kinder umringt. Alle strahlten sie ihn an. Es gab ein Geschubse und Gedrängel. Nur ein paar Meter entfernt beobachtete der Polizist das Geschehen. Harry griff immer wieder in den Sack. Puppen, Plüschtiere und Spielzeugautos wechselten ihren

Besitzer. Innerhalb von zehn Minuten war der Sack leer. Zurück blieben enttäuschte Gesichter.

„Beim nächsten Mal bekommt Ihr auch was!"

Der Polizist legte seine Hand auf Harrys Schulter.

Jetzt ist alles vorbei. Dann dachte er fast trotzig: Soll er mich doch verhaften!

„Es ist immer wieder schön, in strahlende Kinderaugen zu blicken. Einen schönen Feierabend!"

Harry blickt erstaunt den davon schlendernden Polizisten hinterher.

Mit einem Mal musste er lachen: Verdammt, ich bin der tatsächlich der Nikolaus und habe all meine Gaben an die Kinder verschenkt!

Blaue Vase mit roten Tulpen

Fall Nr.: 30
Tatort:
N.N.,
Mittwoch 16. Juni von 1.24 Uhr bis 2.05 Uhr
(Der Leiter der betroffenen Staatlichen Gemäldesammlung Professor G. hat ausdrücklich darum gebeten, den wahren Tatort des versuchten Raubüberfalls zu verschweigen. Er befürchtete, dass Nachahmungstäter durch den Bericht inspiriert werden. Gerne komm ich dem Wunsch von Professor G. nach. A.H.)

Rainer stieß die Dachluke auf. Kalte Nachtluft schlug ihm entgegen. Er atmete tief durch, ging leicht in die Kniebeuge, spannte die Muskeln seiner Oberschenkel und holte mit den Armen Schwung. Dann sprang er in die Höhe. Seine Finger krallten sich in die Eisenumrandung der Dachluke. Mit einem Klimmzug zog er sich nach oben. Es kostete ihm einige Mühe. Besonders der schwere Rucksack war ihm im Weg. Aber enthielt alles, was Rainer benötigte: Seile, Karabinerhaken, Stemmeisen, der Gurtgürtel und natürlich ein Teppichmesser, mit dem er ohne Schwierigkeiten, das Bild aus dem Rahmen trennen konnte.

Endlich, die erste Etappe war geschafft! Rainer ließ erleichtert den Blick über die Dächer schweifen und wischte sich den Schweiß von der Stirn. Das Museum für moderne Kunst lag in Sichtweite. Dort befand sich die Heimstätte eines der berühmtesten Meisterwerke des frühen Expressionismus: „Blaue Vase mit roten Tulpen".

Rainer musste schmunzeln. Er hatte wirkliche keine Ahnung von Kunst. Ihm war schleierhaft, wie man auf dem Gemälde eine Vase mit Tulpen erkennen konnte. Auf der Reproduktion, die er in einem Buch nachgeschlagen hatte, sah man nur ein paar blaue und rote Striche. Einerlei. Zwanzig Millionen, die irgendwelche superreiche Russen bereit waren für diesen Ölschinken zu zahlen, waren ein unschlagbares Argument für die Qualität des Bildes.

Das Gemälde hing in einem der bestgesichertsten Räume der Stadt. Aber Rainer hatte einen genialen Plan. Er litt nicht gerade an falscher Bescheidenheit, zumal er bestimmt drei Wochen mit der Vorbereitung des Coups zugebracht hatte. Zunächst würde er, um bis zu dem Museumsgebäude zu gelangen, circa fünfzig Meter über die Dächer balancieren. Worauf er sich dann an der gläsernen Dachkuppel vorbei tasten musste, ohne dass er den Halt verlor. Jetzt hieß es die Lüftungsklappe von außen zu öffnen, um sich schließlich in den Ausstellungssaal abzuseilen. Hatte man den Boden erreicht, sprang sofort die Alarmanlage an. Es blieben Rainer nur sieben Minuten, bis die Polizei eintraf. In der Zeit musste das Gemälde aus dem Rahmen geschnitten und vorsichtig verpackt werden. Der Rückzug sollte dann auf den kürzesten Weg durch Abseilen aus dem Toilettenfenster erfolgen.

Die ganze Sache war wirklich heikel. Aber er war ein ausgepuffter Profi, der sein Handwerk verstand.

Rainer überprüfte noch einmal den Inhalt seines Rucksacks. Nein, er hatte nichts vergessen. Die Aktion konnte also losgehen.

Vorsichtig setzte er einen Fuß vor dem anderen. Die Arme hielt er ausgebreitet. Er musste gegensteuern, denn der schwere Rucksack zog ihn in Richtung Abgrund.

Ein Gedanke schoss durch Rainers Kopf. Trotz der späten Stunde waren die Straßen noch sehr belebt. Wenn nun ein Passant zufällig nach oben schaute und ihn für einen potentiellen Selbstmörder hielt. Nicht auszudenken!

Rainer blickte hinab auf die Straße. Vor seinen Augen begann sich alles zu drehen. Im letzten Moment fand er Halt an einer Dachschräge. Sein Puls raste. Komisch, früher hatte er nie Höhenangst. Sollte er mit Anfang fünfzig vielleicht doch endlich an den Ruhestand denken?

Schritt für Schritt balancierte Rainer weiter. Er war erleichtert, als seine Hände die gläserne Kuppel des Museums berührten. Rainer presste sein Gesicht gegen die Scheibe. In noch fast unerreichbarer Ferne sah er das Objekt seiner Begierde: Blaue Vase mit roten Tulpen.

Rainer tastete sich entlang bis zu jener Belüftungsluke, die auch in seinen Plänen verzeichnet war. Als er sein Ziel erreicht hatte, holte er aus seinen Rucksack das Stemmeisen heraus und setzte es an. Der erste Versuch schlug fehl. Das Eisen rutschte an der glatten Fläche ab. Der zweite gelang und die Luke ließ sich erstaunlich leicht ausheben. Rainer zog sich durch die schmale Öffnung und landete auf einen Steg, der im Inneren um die Kuppel lief. Er war sich bewusst, dass ihm jetzt der schwierigste Teil bevorstand.

Seit seiner frühsten Jugend war Rainer ein begeisterter Anhänger der Alpinistik. Die dabei gewonnenen Fähigkeiten konnte er in seinem Handwerk immer gut gebrauchen. Er galt als ein Spezialist für Einbrüche aller Art. Jedoch die vielen Jahre im Gefängnis hatten ihn ein wenig aus der Übung gebracht. Noch einmal wollte er sein Können unter Beweis stellen. Der letzte große Coup und sich dann zur Ruhe setzen, davon hatte er schon im Knast geträumt.

Rainer befestigte ein Seil an der Brüstung des Stegs. Nun zog er seine Jacke aus, schnallte den Gurtgürtel um und fädelte das Seil durch den Abseilachter.

Vorsichtig ließ Rainer sich über die Brüstung des Stegs gleiten. Schnell versuchte er mit den Füßen an die Wand zu kommen. Doch er hatte zu viel Schwung. Das Seil pendelte hin und her. Es bestand die Gefahr, dass die Bewegungsmelder ihn zu früh registrieren. Rainer fluchte: Warum hatte vorher nicht mehr trainiert?

Wieder versuchte Rainer an der Hauswand Halt zu finden. Diesmal gelang es leidlich. Aber die Aktion hat unnötig Kraft gekostet.

Langsam ließ er sich an dem Seil herunter. Es waren noch circa zehn Meter. Er spürte, wie die

Muskeln anspannten. Fünf, sechs Meter. Der Schmerz in Händen und Muskeln wurden unerträglich. Drei, zwei Meter.

Geschafft! Rainer knallte auf den Boden auf. Sofort ging die Alarmanlage los. Ein durchdringender Ton hallte durch den Raum. Rainers Hände brannten, wie Feuer. Aber jetzt hieß es die Zähne zusammenbeißen. Nur noch wenige Schritte bis zu der „Blauen Vase mit den roten Tulpen". Zwanzig Millionen waren zum Greifen nah!

Rainer rappelte sich auf und rannte auf das Gemälde zu. Schnell holte er das Teppichmesser hervor und setzte es an der oberen linken Ecke des Rahmens an. Die scharfe Klinge drang ohne Probleme in die Leinwand ein.

Eher durch Zufall fiel sein Blick auf eine Hinweistafel neben dem Bild.

„Wegen kurzfristiger notwendiger Restaurierungsarbeiten befindet sich das Gemälde „Blaue Vase mit roten Tulpen" in den Werkstätten der Städtischen Gemäldesammlung. Das hier ausgestellte Werk ist eine Kopie. Wir hoffen in wenigen Tagen Ihnen wieder das Original zu präsentieren"

Entgeistert ließ Rainer das Teppichmesser fallen. Auf der Straße hörte man bereits die Sirenen der ankommenden Polizeiwagen.